송미정 수필집

가끔은
나도
흔들리고
싶다

초판 발행 2018년 8월 20일
지은이 송미정
펴낸이 안창현 펴낸곳 코드미디어
북 디자인 Micky Ahn 교정 교열 백이랑

등록 2001년 3월 7일
등록번호 제 25100-2001-5호
주소 서울시 은평구 갈현로 318-1 1층
전화 02-6326-1402 팩스 02-388-1302
전자우편 codmedia@codmedia.com

ISBN 979-11-86104-92-7 03810

정가 12,000원

송미정 수필집

가끔은
나도
흔들리고
싶다

고두미디어

SONG MIJUNG

해마다 굳은 흙 속에서
생명을 밀어 올리는 것들을
무릎 굽혀 지켜보는 날들이 있기에
부족한 글이지만
세상에 내보낼 용기를 얻는다.
그것이 또한
꾸준히 길을 가게 하는 힘이기도 하다.

2018 여름 송미정

Contents

2

십일월 묵상

Contents

4

다시 쓰는 편지

송미정 수필집

가끔은 나도 흔들리고 싶다

나도 가끔은 온전히 나로 살아 자유로운 존재이고 싶다

01

흔들림 연습

역사책의 중요한 사건들에 붉게 밑줄을 그어 강조해
놓은 것처럼, 내 젊은 날의 삶에도 밑줄 그어 놓은 부분
이 되어 있다

가끔은 나도 흔들리고 싶다

다른 계절에 와 있는 듯하다. 살갗이 따끔하도록 강한 볕을 피하느라, 그늘을 골라 밟던 한낮의 시간이 있었는데 서늘하기까지 하다. 저녁의 일을 마무리하고 밖으로 나오니, 아직 푸른빛이 남아 있는 하늘에 처연하도록 가냘픈 달이 떠 있다. 그 초승달에서 서너 발자국쯤의 거리를 두고 있는 작은 별 하나가 눈길을 잡는다. 유난히 반짝거리는 눈동자 같은 별, 그만큼 거리에서 바라볼 수밖에 없는 관계, 그 눈빛을 생각나게 한다. 그래서 더욱 애틋하다. 오래 바라보고 있으려니 잔잔하게 일어나는 마음의 물결을 느낀다. 바람이 많은 하루였다. 아직 그 잔재의 바람은 나뭇잎을 살며시 흔들고 있다.

진한 그늘이 물러간 느티나무 아래에 어스름이 내린다. 왠지 잡아두고 싶은 하루가 내일로 가기 위한 징검다리를 건너고 있다. "잠시 쉬었다 가겠습니다" 자그마한 물레방아는 그날 멈추어 있었다. 대신 인공으로 끌어 올린 물이 작은 계곡을 만들며 아래 연못으로 흘러내렸다. 그 물소리가 고요한 숲속에서 소음 아닌 소음이 되고 있었다. 참 한적해서 좋다고 갈참나무 그늘 아래에 놓여 있는 긴 의자 두 개를 번갈아 앉아 보며, 물줄기를 눈으로 따라다니고 있을 때 들린 중저음의 인기척이었다. 요즘 아웃도어 의류 아니면 산책도 불가능하다는 듯한 사람들과는 다르게, 콤비 정장 차림의 남자였다. 어디서부터 노년의 대열에 합류시켜야 하는지 애매모호한 연령대였다. 점잖은 목소리에 내가 무어라 말을 할 사이도 없이, 그는 내가 앉아 있는 옆 또 하나의 벤치에 앉았다.

낮은 동산의 허리쯤에 위치한 그 쉼터는, 집 근처이기에 가끔 산책을 나섰다가 들르는 곳이다. 여자가 혼자 앉아 있는 경우에 남자들은 거의 그냥 지나치는데, 낯선 남자가 앉으니 내가 난감해졌다. 습관처럼 꺼내놓은 수첩과 볼펜을 주섬주섬 챙기며 일어날 채비를 하니, "계셔도 괜찮습니다" 역시 예의를 갖춘 정중한 말이다. 지금 막 가려던 중이었다고 의자에서 일어나며 슬쩍 비켜서 본 남자는, 그의 언어처럼 점잖은 인상이었다. 그 자리에 그대로 있어도 괜찮다는 말을 한다고, 낯선 남자하고 둘이 있을 수 있는 배짱은 내게 없다. 더구나 기역자로 배치되어 있는 의자는 어느 방향을 향해 앉아도 시선이 자유로울 수가 없는 상황이 되는 것이다.

이제 어느 곳으로 내 사유의 시간을 옮겨갈까를 생각하며 천천히 그곳을 벗어났다. 막 가려던 중이 아니라, 나도 그곳에 머문 지 채 5분도 지나지 않았던 것이다. 그 때문에 있어도 괜찮다고 말을 하기 전에, 불편하겠지만 마음 쓰지 말고 그냥 앉아 있을까 하고 순간 나는 망설였었다. 정중한 말씨와 중후한 모습에 거부감이 일어나지 않았고, 아늑한 자리를 금세 떠나기가 싫었던 것이다. 여자도 아닌 모르는 남자하고 아무런 말없이 둘이서만, 그 외지고 한적한 자리에서 불편함을 감당할 용기도 자신도 없었다. 하지만 그곳이 멀어질수록 걸음이 느려지던 그 아쉬움은 무엇이었을까. 그대로 집으로 들어가고 싶지는 않아, 반대방향으로 이어지는 산책로 쪽으로 옮겨 놓는 걸음이 무겁기만 했었다.

내가 그곳에 머물러 있었다면, 그는 그 중저음의 품위 있는 목소리로 무슨 이야기를 했을까. 전혀 모르는 사람들이라도 한 공간에서 침묵하고 있는 것이 더 불편한 일인 것이다. 그러기에 아무 말도 하지 않고 앉아 있지는 않았을 것이라고, 이야기할 소재가 마땅하지 않아도 몇 마디 대화는 오고 갔을 거라고, 그런 생각들이 걸음마다 밟혔었다. 안락했던 쉼터를 빼앗긴 것보다, 그 자리를 서둘러 떠나온 것을 나는 아쉬워하고 있던 것이다.

목소리 때문이었는지 모른다. 오래전부터 목소리가 좋은 사람한테서 매력을 느낀다. 군중 속에서도 좋은 목소리가 들리면 굳이 그 주인공을 찾아보게 된다. 점잖아 보이는 모습에 낮은 울림이 있는 중저음의 그 목소리가 자꾸 따라왔었다. 이미 그 자리에서 멀리 벗어났으면서도 나는 만약을 상상하고 있었다. 그 목소리와 소소한 이야기라도 주고 받았다면, 그러다 소설이나 드라

마 속의 스토리 전개처럼, 차 한잔 할 수 있겠느냐고 그 중후한 목소리가 물어 왔다면 나는 어떻게 했을까. 질문에 질문을 거듭하며 한참을 만약이라는 울타리 안에서 헤매고 있었다.

일어나지 않을 일을 혼자 각색하고 있던 나, 저 나뭇잎들처럼 흔들리고 있었다는 것일까. 이 나이 앞에 그럴 기회가 주어지지도 않겠지만, 목소리에 분위기에 끌려갈 용기도 없다. 하지만 나도 가끔은 흔들려 보는 거다. 마음이 아직 푸르게 살아 있다는 증거이니까, 가끔은 흔들리고 싶다.

솔바람의 길목에서

목적을 이룬 뒤의 뿌듯한 마음, 이런 느낌 때문에 끊임없이 사람들은 산을 오르는 것이리라. 솔잎 사이를 흐르는 바람을 안으니 고행이라 여기며 오르던 피로감이 금세 사라진다.

아담하고 단아해서 봉우리 하나가 피라미드를 연상하게 되는 산은, 마치 정교한 손길로 다듬어 놓은 것처럼 도드라지는 나무 하나 없이 능선이 부드러워 보였다. 잡목 하나 섞이지 않은 채 키가 작은 소나무만으로 울창한 산을, 저 아래서 올려다보며 감탄의 비명을 연발했었다. 일행들이 산행을 한다기에 미적거리다 따라나서긴 했지만, 산을 오르지 않을 구실을 나는 찾고 있었다. 반드시 산을 올라가야 한다면 520미터라는 높이는 만만하다고 생각이 되었으나, 오늘은 산그늘 어디 한가롭게 앉아서 소나무들을 감상하고 싶은 마음이 컸었다. 해가 갈수록 산은 어쩔 수 없을 때 넘어야 하는 하나의 길이 되고 있다. 하지만 소나무 숲이 일으키는 향기를 미리 맡은 나는, 앞선 동행들의 걸음 뒤에서 망설이던 마음을 등산로로 향했었다.

피라미드를 연상하면서도 오르는 길이 가파르겠다는 생각을 왜 하지 않았을까. 소나무가 많은 산은 바위가 많다는 것도 염두에 두었어야 했다. 요즘 흔한 둘레길처럼 완만하게 산허리를 돌아가며 오를 수 있도록 한 배려를 조금 기대하긴 했었다. 휴양림 숙소에 하루 머물기 위해 들렀다가 시간 여유가 있어 오르게 된 산이었다. 그러므로 누구도 바로 숙소 앞에 있는 이 성불산*에 대한 예비지식이 없었다. 바위를 끌어안고 기어오르다 몇 번이고 주저앉아서, 왜 힘겨워 하면서 굳이 이 길을 가고 있는지 스스로에게 수없이 묻고 물었다. 아래서 보면 그토록 아담하고 단정해 보이던 산의 속살은 무척 거칠었다. 온통 돌길이었고 바위들이었다.

소나무는 어떻게 바위에 뿌리를 내려 저리도 푸르게 살고 있을까. 나무 하나하나의 모습이 사진이나 그림에서 본 것들을 닮았다. 구부러지고 휘어진 자세는 그 거친 환경에서 살아 낸 고통의 흔적일 것이다. 아래서 보았을 때 이 푸른 소나무 숲은 아담하고 아름답게만 보였지만, 숲의 구성원인 나무들의 삶은 힘겨워 보였다. 인생은 가까이서 보면 비극이지만 멀리서 보면 희극이라는 찰리 채플린의 말이 생각났다. 그 말이 어찌 사람들에게만 한정된 표현일까. 나무를 스칠 때마다 속으로 파이팅을 외쳤다. 그들에게 보내는 메시지였으나 결국은 나 스스로에게 힘을 싣는 외침이었다. 몇 해 전부터 산을 오르는 행위를 고행에 비유하게 된 나는, 가파른 길에 집중해 있는 동행들 사이에서 그만 포기하고 내려갈 생각을 하며 올라온 길을 수시로 내려다보았다. 하지만 거친 환경과 한여름의 열기에도 아랑곳하지 않고 씩씩하도록 푸른 소나무들은, 나를 자꾸 산마루로 불러 올렸다. 그 때문에 틈틈이 포기하고 내려갈 기회를 노리던 나는, 근육질의 사내 같은 우람한 몸통의 소나무가 늠름하게 서 있는 여기 정상에 올라설 수 있었다.

산을 베고 지친 몸을 나무 아래 눕혔다. 매미 소리를 눈으로 따라가니 솔가지 사이에서 파르르 떨리는 날개옷이 보인다. 동족이 많은 곳에 가야 짧은 삶의 그들 목적을 이룰 수 있을 것인데, 오로지 울기 위해서 이 외진 곳을 택해 혼자 울고 있는 것 같은 매미 울음이 진정한 울음으로 들린다. 눈을 감으니 점점 확대되어 들려오는 매미 울음소리뿐이다. 한동안 그 소리에 귀를 기울이다 살며시 눈을 뜨니, 소나무 굽은 허리에 납작 엎드려 있는 매미의 검은 등이 보인다. 왜 저 작디작은 매미의 통곡 같은 울음이, 짧은 삶이 새삼 부각되어 오는 것일까. 어느새 매미의 울음이 나에게 전이되었나 보다. 힘겨웠지만 나도 해냈다는 성취감 때문인지 해가 갈수록 자신감을 잃어가는 내가 안타까워서인지, 절절하도록 홀로 울고 있는 매미의 눈물을 언제부턴가 내가 대신 흘리고 있었다. 이름 붙일 수 없는 슬픔을 땀인 듯 손수건으로 닦아내는 손등 위를, 부드러운 솔바람이 연신 밟고 지나간다.

---

* 충북 괴산군 소재

어느 날의 일탈

내 생에 이루지 못한, 이룰 수 없는 것들의 이름인지 모른다. 멀리에서 생각하면 한없이 그립고 마주하면 할수록 가슴 설레게 하는 바다, 생각만으로도 마음에 잔잔한 파문을 일게 하는 그 이름을 가슴에 품고 설레며 또 먼 길 와 있다.

이곳 바닷가에 몇 번 다녀간 날이 있는데 처음처럼 낯설기만 하다. 주변 환경이 많이 변해 전혀 다른 풍경이 되어 있었다. 오래된 기억 속의 장소를 꺼내보지만 눈에 선한 그곳을 찾을 수가 없다. 깊은 물을 지극히 두려워하던 젊은 내가 일행들을 의지해서 들어섰다가, 커다란 파도에 밀려 허우적거리던 그곳은 어디였을까. 놀라서 허둥대던 그들도 이 바닷가에 서면 그날을 떠올리고 나를 기억하게 될까. 모두 옛일 옛사람들로 밀려났는데, 잔물결을 넘실

거리고 있는 바다는 여전히 짙푸른 청춘이다.

"해당화가 피었어요" 간편한 차림의 여인이 카메라에 활짝 피어 있는 꽃들을 담으며, 지나가는 나를 의식한 듯 말했다. 바닷가를 따라 이어진 산책로 옆에 붉은 해당화가 피어 있었다. 그 여인도 혼자 이른 아침의 조용한 바다를 감상하러 나왔나 보다. 낯선 사람에게 스스럼없이 말을 건네는, 무장을 해제한 그녀는 아마도 나와 비슷한 세월의 고개를 넘어온 듯했다. 웃음으로 대답한 나는 바닷가를 따라 끝이 보이지 않게 이어진 산책길로 들어서며, 집을 나서길 잘했다는 생각을 했다.

봄이면, 특히 5월로 들어서면 연둣빛 나뭇잎들을 키우는 소리가 들릴 것 같은 나무들이며, 헐레벌떡 달려와 '나도 왔어요' 하며 숨 가쁜 호흡으로 출석을 확인시키려는 듯한 풀꽃들과의 만남이 반가운 시기이다. 그들과 지내는 시간이 소중해서 다른 곳에 마음 쓰고 싶지 않은 때이다. 세상일 모두 잊고 오직 정원의 그들에게만 전념하느라, 바깥으로 시선을 돌리지 않고 있었다. 잔잔한 그 일상에 어느 날 문득 바다란 말이 들어오면서 나는 흔들렸다. 그제서야 내 작은 정원의 봄날에서 눈을 돌려, 풍성하게 부풀어 있는 산마루며 그 멀리를 바라보았고, 꽃밭의 풀들을 골라내던 호미를 내려놓고 따라나선 길이다. 바다는 그렇게 막강한 유혹의 대상이 되어 있다.

드넓고 아름다운 해변이 조용히 아침을 열고 있다. 작은 물새들도 낮은 자세의 날갯짓으로 소리 없이 바다 위를 오가며 하루를 시작하고 있다. 모래밭에 드문드문 그림처럼 놓여진 의자는 외로워 보였다. 그 외로움이 눈부시도록 아름다웠다. 의자에 앉아 느긋하게 바다를 감상해도 좋겠지만 비어 있어 아름다운 것이기에, 이만치 떨어져서 바라만 보고 있다. 사람들이 많이 찾는 계절이 되면 누굴 기다리듯 바다를 향해 있는, 빈 의자들이 돋보이는 쓸쓸한 저 모습은 만날 수 없을 것이다. 마치 푸른 천을 펼쳐 놓은 듯한 아침바다는, 잔잔한 물결을 이루며 찬란한 하루를 준비하고 있다.

조용히 혼자 바닷가를 걷고 싶어 아무런 말도 없이 숙소를 나온 거였다. 이렇게 말없이 혼자 걷는, 이런 시간이 좋다. 아마 누군가와 함께 있어도 나는 오래 침묵했을 것이기에, 그 누군가는 내 침묵이 불편할 것이다. 하지만 입 밖으로 말이 되어 나오지 않을 뿐, 나는 많은 이야기를 하고 있었다. 바다는 잔잔한 물결로 나를 들어주었다. 가끔 발아래까지 다가와 쓰다듬는 말을 놓고 가기도 했다. 따뜻한 위로가 많이 그리웠던 것일까. 울컥 울음이 올라왔다. 더불어 사는 세상에서 왜 나는 온전한 내 편을, 고개를 끄덕거리며 나를 들어주는 든든한 내 편을 두지 못한 것일까. 사람과 사람 사이의 벽이 내게는 너무 높은 산이다. 그 앞에서 나는 자주 절망하고 또 절망한다. 그 벽은 어쩌면 스스로 쌓은 것인지 모른다. 잘못 살았다는 것을 절감할 때마다 외롭다. 그 외로움과 맞서기 위해 외로운 시간을 고집하는 건지도 모르겠다.

철 이른 바닷가, 한적한 모래밭에 드문드문 섬처럼 앉아 있는 사람들은 바다를 향해 하나같이 정물이 되어 있다. 저들도 바다 깊이만큼의 사색 길에 들어갔나 보다. 이런 길을 걸으며 꿈을 이야기하고 사랑을 꿈꾸던 때가 내게도 분명 있었을 것이다. 앞으로 걸어갈수록 점점 더 아득해지는 시간들을 돌아보면, 삶은 너무 짧고도 긴 여정이라는 생각을 다시 하게 된다. 이제 그 찬란했던 시절은 가고 몇 발 건너에서 연초록 잎들처럼 싱그럽게 일어나는 젊음, 그 청춘들의 들러리가 되어 있다. 하지만 그래도 여전히 삶의 주인공은 나, 자신이라고 바다는 찰방찰방 다가와 나를 다독거린다. 그래 "나는 내 삶의 주인공이다"라고 마음으로 외치며 어깨를 펴니, 어느새 햇살이 머리 위로 뜨겁게 부서져 내리고 있었다.

꿈을 꾸다

9월이라니! 까마득했다. 지금이 8월 중순쯤이라면 어떻게 해볼 수도 있겠지만, 7월로 막 접어들었으니 이국에서 셈하기에 까마득한 미래의 시간인 것이다. 전혀 예상하지도 못한 변수 앞에서 망연자실해할 뿐, 아무런 생각을 할 수가 없었다. 꽃들이 만개해서 가장 아름다운 시기가 요즘이라는 정보도 얻었으므로, 정원에 대한 기대는 부풀 대로 부풀어 있었다. 그 넓은 정원 가득 피어 있을 꽃들을 만날 생각을 하면 행복해지는, 기다리는 시간을 나는 여기로 오는 내내 즐겼었다. 오래전부터 보고 싶어 했던 그 정원을, 정원의 꽃들을 만나게 될 기회가 주어졌다는 것이 꿈만 같았었다.

오래고 긴 시간 꿈을 꾸게 했던 곳, 이곳을 향해서 비행기로 육로로 긴 여정을 지나왔다. 참 멀리도 왔다. 버몬트주라는 이정표를 만나면서 일어나던 설렘을 안고 달리는 자동차 밖의 풍경이 꽤 익숙한 모습으로 다가왔었다. 넓은 평원과 아담한 나무들은 우리나라 어느 지방을 연상하게 했었다. 많은 들과 숲을 지나고 작은 마을에 도착해서 타샤 튜더의 뮤지엄 간판을 만났을 때, 타샤를 만난 듯 반가웠다. 작은 집의 문을 열고 들어서니 "아, 어쩌면 좋아요. 정원은 9월에 개방을 한다네요" 먼저 와 있던 방문객인 우리나라 여인이 안타깝다는 듯 먼저 말을 건네왔다. 잘못 들은 것 같아 의아해하는 나에게, 그녀는 다시 한번 9월을 강조했다.

조금 멀리 돌아가야 하는 거리지만, 미국 동북부를 돌아보는 이번 여정에 반드시 들러야겠다고 벼르고 있던 곳이었다. 계획한 대로 어긋나지 않고 모두 이루어진다면, 세상을 힘겹게 사는 사람은 아무도 없을 것이다. 미국 남부에서 타샤의 정원을 찾아 먼 길 왔다는 그 교포 가족은, 조금 전에 일본 관광객 30여 명도 되돌아갔다는 말을 전하며, 쉽게 발이 떨어지지 않는지 한참을 서성이다 돌아섰다. 그 뒤를 따라 우리도 뮤지엄을 나섰다.

개인이 가꾸어가는 정원이므로, 많은 방문객에게 정원을 수시로 개방하는 것은 무리일 것이다. 사람들의 발길에 꽃들이 다치고 길이 훼손되는 일도 많을 것이라고, 그 때문에 한시적 개방을 택했을 것이라고 충분히 이해를 하면서도 서운한 마음은 어쩔 수가 없었다. 앞으로 30여 일 이 나라를 지나가는 동안에 밟아야 하는 길목은 여럿이지만, 이곳이 거론되고부터 이번 여행의 나의 주목적지는 타샤의 정원이 되어 있었다. 그러기에 돌아서는 마음은 처절하기까지 했다.

정원에 관심을 갖게 된 것은 오래전부터지만, 그때는 한발 비켜서서 감상하는 입장이었다. 십여 년 전, 길을 잃고 헤맬 때 등대처럼 나의 길을 밝혀준 것이 『타샤의 정원』이라는 책이었다. 타샤 튜더라는 여인을 알게 되었고 그가 가꾸는 30만 평의 정원을 책 속에서 만날 수 있었다. 수많은 아름다운 꽃들을 책 속에서 마주할 때면 마치 그 꽃들 속에 내가 있는 듯 평온했고 행복했다. 그 정원을 흉내라도 내고 싶었다. 타샤 같은 삶을 살고 싶었다. 순수하고 맑고 자연을 사랑하는 그 마음을 온전히 닮고 싶었다. 그때부터 작은 꽃밭을 만들어, 봄이면 온갖 꽃들을 심어 놓고 꽃이 피고 지는 것을 곁에서 지켜보게 되었다. 그것들이 주는 기쁨과 가꾸는 즐거움을 알게 되고부터, 나는 점점 더 넓은 정원과 많은 꽃을 갖고 싶었다. 그래서 만든 내 작은 정원, 나는 내 정원의 충실한 가드너가 되기로 했다.

아침이면 그들에게 가장 먼저 안부를 묻고, 저녁이면 그들과 눈을 맞추고 하루의 노고를 치하했다. 목마른 것들의 삶도 넉넉하게 축여주며 착실한 그들의 종이 되었다. 꽃들은 내 수고에 몇 배의 기쁨을 주는 것으로 보답했다. 곱고 해맑은 얼굴로 내 마음속까지 환하게 밝혀줬다. '꽃과 나무가 좋아서 그들이 좋아하리라 생각되는 것을 해주는 것뿐인데 정원은 크게 보답해준다'고 타샤 튜더가 말했듯이, 내가 그들에게 특별하게 해주는 것도 없는데 꽃들은 나의 작은 수고를 기쁨과 행복으로 되돌려준다.

타샤 튜더의 손은 투박하고 거칠었다. 손에 늘 흙이 묻어 있고 풀물이 들어 있었다. 나도 그랬다. 하루에도 몇 번 더럽혀진 옷을 갈아입어야 하는, 땀을 흘리고 흙에 젖는 일상이다. 그 일을 기꺼이 즐거운 마음으로 할 수 있으니, 힘들어도 노동이라 말할 수는 없는 것이다. 꽃들과 함께 행복한 일상을 꾸려가던 여인, 그의 생전에 꼭 한번 만나 보고 싶던 타샤 튜더는 떠났지만, 사랑과 정성이 듬뿍 담긴 그의 손길을 기억하는 꽃들은 지금도 그 여인의 이름이 걸린 정원에서 여전히 아름다움을 피워 놓았을 것이다.

　이 멀고 먼 길을 나는 이제 다시는 오지 못하리라. 아니 다시 오지 않을 것이다. 어쩌면 마음속에 담아두고 상상하고 그리워하는 순간들이 더 행복할지도 모르겠다. 내 버킷리스트 중의 하나였던 그곳의 방문은 수포로 돌아갔으나, 타샤의 정원은 내 마음속에서 언제나 만날 수 있다. 해마다 내 안에서 아름다운 꽃을 피우고 있을 것이다.

또다시 꿈을 꿀 수 있다면

여정의 한 길목에서 식사를 하던 아침, 내 테이블 하나 건너에 우리나라 여성이 앉아 있었다. 일본이나 중국 사람들과 혼동이 될 것도 같은데 우리나라 사람들은 쉽게 알아볼 수 있으니, 우리 민족 간에 어떤 끈끈한 기운이 흐르는지도 모르겠다. 낯선 얼굴인데도 말을 건네고 싶도록 친근감이 느껴지는 것은, 동족이라는 공통점뿐만 아니라 여자라는 이유 때문이기도 하다. 편한 차림의 그 여인은 뷔페의 음식을 담은 그릇을 앞에 놓고, 혼자 여유 있는 시간을 보내고 있었다. 여행 중인지 출장을 온 길인지 모를 그 젊은 여인의 아침 시간에, 자꾸만 눈길이 갔다.

삼십대 어디쯤일 것 같은 여인의 외유가, 오늘따라 유난히 나를 자극한다. 음식을 먹으면서도 내 마음은 그녀의 언저리를 맴돌고 있다. 저 나이 때의 나는 무엇을 하며 지냈을까. 한창 나의 손길을 필요로 하는 아이들 뒷바라지와 집안일에서 헤어나지 못하던 시기였을 것이다. 아이들 때문에 어쩔 수 없이 그만둔 직장에 한동안 미련이 있었지만, 내 몫은 아니었던 거라고 오래도록 나를 다독여야 했었다. 반복되는 똑같은 일상에 익숙해져 가면서도, 어느 날 문득 둥지를 벗어나고 싶다는 생각을 하기도 했다. 점점 잊혀져 가는 나를 다시 찾고 싶다는 생각이 스멀스멀 물안개처럼 피어오르기도 했었다. 되돌아가기에 문은 좁았고 나에게 너무도 무거운 짐이 있었으며 용기도 없었다. 누구에게나 가지 않은 길과 가지 못한 길에 대한 미련은 있는 거라고, 모두들 그렇게 아쉬움을 안고 살아가고 있을 거라고, 자신과 적당히 타협하며 걸어온 외로운 날들이기도 했다.

어린아이에게 꿈이 무엇이냐고 질문을 할 때가 있다. 보고 듣는 것이 풍부하니 아이들이 하고 싶다는 것도 많다. 눈을 반짝거리며 야무지게 다양한 꿈의 종류를 말할 때마다, 나의 그 시절을 생각하게 된다. 나는 무엇이 되고 싶었을까. 누군가 꿈이 무어냐고 나에게 물었을 때 나는 어떤 대답을 했는지 모르겠다. 내가 속해 있던 좁은 세상만큼, 몇 개의 익숙하게 알려진 직업에 한정되었을 것이다. 세상에는 사람의 손길이 필요한 헤아릴 수 없을 만큼의 일들이 있으며, 그것들을 자기 적성에 따라 선택해서 즐기며 할 수 있다는 것을 알았다면, 어린 나의 대답도 날마다 다양해지지 않았을까 싶다.

소년기 내내 내가 바라보고 가까이했던 것들은 자연이었다. 계절을 따라 피는 꽃 이름들을 불러주는 것을 즐겼고, 과일이나 곡식이 익는 계절이면 그 풍요로움은 모두 내 것이었다. 냇물에 발을 담그고 물속에 잠긴 하늘을 들여다보다가, 그 깊이가 두려워 물장구를 치는 날들이 있었고, 풀밭에 누워 흰구름을 따라가다가 까무룩 잠들기도 하며 자연과 하나가 되기도 했었다. 그것이 어린 내가 바라보는 세상 전부였다. 뒷동산에 올라서 늘 선망의 눈길로 바라보던 읍내로 나가는 큰길 말고도, 세상에는 손꼽을 수 없을 정도로 많은 길이 있다는 것을 깨우칠 기회가 없었다. 나는 그 까닭을 세상을 배울 기회와 자료가 궁핍했던 시골에서 자란 때문이라고 한때 태생을 탓하기도 했지만, 돌아보니 그것은 단지 변명에 지나지 않는 것이었다.

그때 우리 집 어른들에게 여자는 공부를 해도 안 해도 그만인, 그다지 관심을 받으며 성장하는 인물이 아니었다. 욕심이 많거나 존재감을 나타내고 싶어 하는 사람에게만 기회가 주어졌다. 나도 그중 하나였지만 해외 유학을 한다거나 나라 밖의 세상을 넘본다는 것은 생각지도 못했던 일이다. 자립의 능력을 갖춘 성인이 되어서도, 나에게 익숙한 자연의 품만 찾아다니며 안온한 생활을 추구했었다. 저 멀리를 내다보라고 지극하게 이끌던 몇 번의 유혹이 있었지만, 낯선 곳에 홀로 선다는 것은 생각만으로도 암흑 속 같아 염두에 둘 수도 없었다. 변화를 지극히 두려워하는, 낯선 환경에 쉽게 적응을 하지 못하는 내 성격 탓이기도 하다. 그렇게 하루하루를 안일하게 걸어온 발자국이 내 삶이었고 지금의 나를 만들었을 것이다.

내 아이들에게는 어려서부터 넓은 세계를 알려주고 싶었다. 다행스럽게 남편은 그런 면에 적극적이다. 아이들에게 여러 나라를 직접 피부로 느끼며 경험할 기회를 마련해주고, 다양한 방향의 길을 짚어주었다. 지금도 그들의 견문을 넓혀주는 일에 여전히 최선을 다하고 있어 고맙게 여기지만, 그들이 누리는 것은 오직 그들만의 것이지 나를 채워주지는 못하는 것이다.

다시 펼치고 싶어 통증이 되던 날갯죽지의 흔적도 통증인 채로 길들여지고, 내 삶은 지금 빠른 속도로 저물녘으로 가고 있다. 또다시 꿈을 꿀 수 있는 시간으로 되돌아갈 수 있다면, 적극적으로 내 삶을 이끌어 가고 싶다. 저 여인 같은 젊음을 내걸고 낯선 세상에도 내 이름만으로 혼자 서 보고 싶다. 그 때문에 이렇게 멀고도 먼 유럽의 한 길목에서 혼자서도 당당한 젊은 여인을 만나게 되니, 감히 꿈꾸지도 못한 채 시든 젊은 내가 다시 보인다. 그리하여 이름도 모르는 저 여인에게 지금 부러운 눈길을 자꾸 보내고 있는 것이다.

다시 시작이다

기다리는 일도 없는데 참 시간이 더디게 가는 날이다. 마음은 어디를 헤매고 있는지 책도 볼펜도 손에 잡히지 않는다. 지루함을 견디다 털고 일어나 밖으로 나섰다. 가끔 일없이 나설 때 발길이 가는 곳은 근처 백화점의 옥상 정원이다. 커피 한 잔을 사들고 올라간 그곳은 오늘도 한적하다. 많은 나무와 꽃이 어우러진 아기자기한 풍경이 어느 작은 숲에라도 온 듯해서, 때때로 나의 휴식처로 이용하고 있다. 걸어서 5분도 되지 않는 집에서 가까운 거리이기도 하고, 특히 늘 인적이 드문 조용한 분위기가 마음에 들었다. 겨울은 아주 갔는지 손등에 내린 볕이 따사롭다. 산수유나무가 노랗다. 이곳에도 이미 봄은 시작되고 있었다.

여기저기 파릇한 새싹들이 보인다. 산당화도 발그레한 새순을 밀어 내놓고 밖의 기운을 감지하고 있다. 모두들 얼마나 오랜 기다림이었을까. 눈길 가는 곳마다 새로운 시작을 준비하는 것들이라, 나만 이만큼 뒤에 처진 것 같아 은근히 조바심이 든다.

들고 있던 커피잔이 흔들릴 만큼 깜짝 놀라게 하는 소리가 들려온다. 옥상 정원에 나 혼자 있는 줄 알았는데 소리 나는 곳을 찾아보니, 언제부터였는지 저쪽 반대편 벤치에 앉아 있는 여인의 목소리다. 크게 내지르고 늘어뜨리고 높게 뽑는 목소리가 시원하다. 창을 배우는 사람인지 가르치는 사람인지, 창에 대해 문외한인 내가 듣기에 명창이다. 여인은 나를 분명 보았을 테지만 의식하지 않는 듯 목청을 크게 돋우는 것에 거리낌이 없다.

새싹들에게 집중해 있던 관심에서 벗어나, 본의 아니게 여인의 절창을 감상하고 있다. 자신의 소리가 마음에 흡족하지 않는 듯 멈추었다 되풀이하기를 반복한다. 나이를 가늠할 수 없는, 열심인 그 여인의 소리를 듣는데 자꾸 울컥해지더니 결국 눈물이 된다. "한 송이 떨어진 꽃을 낙화 진다고 서러워 마라. 한번 피었다 지는 줄을 나도 번연히 알고 나니……. 얼씨구나 좋다 지화자 좋다 아니 놀지는 못하리라" 〈창부 타령〉이라던가. 우리의 소리는 들을 때마다 분명 흥이 있으면서도 뭔지 모를 슬픔을 느끼게 한다. 그 때문이기도 하지만 혼자서 저토록 열중해 있는 여인의 모습이 아름다워 눈물이 나는 것이다. 다른 사람을 의식하느라 나는 감히 엄두도 내지 못할 일이다. 자신의 삶에 열심인 여인에게 박수라도 힘껏 보내주고 싶다. 다가가서 감동한 나를 보여주고도 싶다. 하지만 저 분위기를 해칠 수 없어 조용한 청중이 되어 있다.

이곳에 들르면 다람쥐 쳇바퀴 돌듯이 정원을 거닐곤 했는데, 오늘은 여인에게 이곳 모두를 내주기로 했다.

저 용기와 열정과 끈기를 내가 사고 싶다. 정원이 쩌렁쩌렁 울리도록, 내 속이 후련하도록 뽑아 올리는 목소리가 매사에 미적거리는 나를 채근한다. 쉬는 중인지 잠시 여인의 소리가 멈추고, 나는 슬며시 여인이 있는 자리에 눈이 간다. 고개 내민 새싹들도 귀를 쫑긋 세우고 있겠다. 아직 기척이 없는 철쭉이며 벚나무, 싸리나무들도 이제 분주해지겠다. 저 여인으로 인해 이 정원의 봄이 속도를 더 낼 것 같다. 옥상을 나서는 길에 스스로에게 하고 싶은 말을, 지난해의 많은 열매를 아직도 보내지 못하고 있는 팥배나무에게 던진다. "봄이다. 어서 일어나 너도 다시 시작해야지!"

물푸레나무를 추억하며

이 세상의 살아 있는 모두는 종착지를 향해 가고 있다. 누구나 무엇이거나 언젠가는 닿게 되어 있는 곳, 홀로 서두른다고 시간에 속도가 붙는 것도 아니고, 느린 걸음에 속도를 맞추어주는 것도 아니다. 큰 이변이 일어나지 않는다면 거스름 없이 흘러갈 뿐이다.

커다란 키에 듬직한 몸통의 캄캄한 침묵을, 오늘도 이만치서 바라본다. 나한테 주어진 숙제 같아 마음이 답답해진다. 물푸레나무라고 했다. 우리 집 뒤쪽의 길가에서 마치 집을 감싸듯 넓은 품으로 서 있던 나무, 그가 삶을 멈추었다.

두 해 전 초여름, 사방이 푸르름으로 덮여가는 속에서 홀로 누렇게 바래지는 나뭇잎을 달고 있던 것을 마지막으로, 그 나무는 더 이상 나뭇잎을 만들지 않았다. 봄이 되면 다시 시작할지도 모른다는 내 간곡한 바람과 기대도 어긋나고, 홀로 누추한 빈 몸을 세워 놓은 채로 두 해째 겨울을 맞고 있다. 듬직한 이웃처럼 마을의 파수꾼처럼 서 있던 나무다. 나뭇가지마다 촘촘히 많은 이파리들을 달고 있어 여름이면 넉넉한 그늘을 내려주고, 늦가을이면 우리 집 뒤뜰로 내리는 낙엽 지는 정취를 한껏 누리게도 했었다. 우리 집의 든든한 배경으로 서서 내 마음이 자주 건너갈 때마다 안식을 주던 나무, 그 나무와 이젠 영원한 이별을 해야 한다.

내 두 팔로 안기에도 벅찬 나무, 겨울이 물러갈 준비를 하는 것 같은 이월 어느 날, 바라보기만 하던 그 나무에게로 다가갔다. 도대체 이유가 무엇이냐고 묻고 싶은 심정으로 그 나무 아래에 섰다. 길 옆으로 늘어진 가지를 몇 개 잘라준 흉터 자국만 있을 뿐, 나무의 몸엔 눈에 띄게 두드러지는 생채기 하나 없다. 나무와의 지척의 거리에 타고 남은 재가 있는 곳이 가끔 이웃에서 연기를 올리던 장소인가 보다. 낙엽을 태우고 쓰레기를 소각할 때면 나무에게 피해는 가지 않을까하는 생각을 했었지만, 그 염려를 말로 전달하지는 않았었다. 오래 서성거리는 나를 보았는지 이웃 어른이 다가와, 나무가 왜 그렇게 되었는지 모르겠다며 아깝다고 했다. 소각하던 장소가 마음에 걸렸지만, 그게 원인이라 해도 되돌릴 수 없는 이미 지난 일이니 거론할 필요가 없는 것이다. 그게 문제가 되었다면 방관했던 나도 책임이 있는 일이다. 그 때문에 어둑하게 서 있는 나무에 눈이 갈 때마다 미안한 마음을 갖게 된다. 나무들도 우리가 알지 못하는 사연들로, 산이며 들에서 홀로 이렇게 삶을 마무리하고 있었겠다는 생각을 하니 쓸쓸해진다. 물푸레 그 나무 곁에 서서 나는 많은 말로 참회를 했다. 바람 한 점에도 우수수 낙엽이 지는 정경을 마음껏 감상하고도, 늦가을이면 낙엽을 치우는 일을 노동에 비유하며 투정 부리던 일을 사과했다. 나무가 우리 집 쪽으로 기울어 있어 태풍이라도 불면 우리에게 피해가 갈지도 모른다는, 이웃 아주머니의 잦은 염려에 세뇌가 되어, 비바람이라도 불면 마치 흉기를 바라보듯 하던 날을 사과했다.

"어떻게 하지!" 내가 무엇을 어떻게 할 수 있는 것도 아닌데, 나무에 눈이 가면 저절로 입에 붙는 탄식의 말이다. 그 나무는 내게 많은 생각을 하게 했었다. 내가 책을 출간할 때마다 저 나무 같은 것들이 몇 그루가 희생되어야 하는지, 저 나무와 감히 바꿀 수 있는 제대로 된 글을 쓰고 있는지, 함부로 책을 만들지 말자고 나를 틈틈이 깨우치게 했었다. 한여름이면 풍성한 초록으로 아늑한 배경이 되어주던 날들과, 한 잎 한 잎 떨어지는 단풍 든 나뭇잎들과 함께 가을을 보내던 날들이 그립다. 발목까지 닿을 만큼 수북하게 쌓인 낙엽을 치우고 또 치우던, 다시 돌아오지 않을 그 늦가을의 날들도 벌써 그리워진다.

나무도 우리와 함께 살아가고 있는, 이 세상의 구성원 중의 하나라는 것을 인식하지 못하는 사람들이 더러 있어 안타깝다. 그늘을 만든다고, 자신이 보려는 풍경을 가린다고 큰 나뭇가지를 자르고 함부로 베어내는 행위를 너무도 쉽게 한다. 그 상처를 이겨내기 위해 나무는 혹독한 진통의 과정을 묵묵히 치르며 살아가고 있을 것이다. 저 물푸레나무에게 닥친 시련은 무엇이었을까. 어쩌면 고통의 신호를 사람들에게 보냈을지도 모른다. 나무가 주는 혜택에만 눈 밝히고 마음 기울였을 뿐, 곁에서 그것을 듣지 못하고 보지 못한 내 탓도 있는 것이다.

내 앞에서 나무 한 그루 생을 마감할 때마다, 사람들이 아무렇지 않게 지나다니는 그 길목에 부고라도 걸어 놓고 싶다. 우리는 잠시 스쳐 가는 길이지만, 나무들은 더 오래 세상을 지키는 존재들이다. 여전히 저 물푸레나무에 날아와 쉬어가는 새들이며, 텅 빈 나뭇가지를 수시로 흔들어 보고 지나가는 바람과, 맞은편 멀리에서 그윽하게 바라보던 저녁 노을은 이 사연을 알고 있을까? 저 물푸레나무의 운명을 누군가에게, 어딘가에 널리 알려주고 싶다.

어디쯤 가고 있을까

하루 종일 하늘이 잿빛이라 오후의 시간이 가늠되지 않는다. 비가 내리다 멎고 안개인지 어스름인지 모를 그 무엇이 일찍 하루를 이울게 하고 있다. 귀소본능을 일으킨다는 이때 즈음에 나는 습관처럼 창밖을 자주 바라보게 된다. 그 때문에 해넘이도 마주하는 날이 많고, 감빛 노을에 마음이 흥건하게 젖기도 한다. 비가 멎기를 기다리다 이제 제 길을 서두르는지, 작은 새들이 부지런한 날갯짓으로 하늘을 가르고 있다. 지금 새들의 무리를 눈으로 따르면서 어느 안부 하나를 궁금해하는 중이다.

얼마 전, 남편의 다급한 목소리에 밖으로 나가 보니 새 두 마리가 나란히 땅에 떨어져 있었다. 나에게는 오래전부터 눈에 익숙한 새, 내가 늘 이름 모를 새라고 말하던 그 새였다. 유리창 안의 풍경 속으로 들어가던 길이었나 보다. 앞산이 고스란히 창 안으로 들어가 있어, 새들이 착시현상을 일으키기에 충분한 풍경이 연출되는 탓이다. "부부였을까?" 그들의 상태를 살피는 내 뒤에 서 있던 남편의 말이다. 한 마리는 이미 고개를 떨구었고 조금 몸집이 큰 한 마리는 내 손이 닿으니 날개를 파닥거렸다. 부부였는지 어미와 새끼였는지 나란히 어디를 가던 길이었는지, 수많은 생각에 창문의 소유주인 나는 그저 가엾고 미안한 마음뿐이다. 고개를 떨군 작은 새가 혹시 깨어나지 않을까 하고 기다리고 기다리다, 아무 기척도 보이지 않아 미안하다는 말과 함께 땅에 묻어주고 남은 하나를 살폈다. 건드리면 조금씩 반응을 보이더니 시간이 조금 지나니 한 발 내딛기도 했다. 하지만 날지를 못했다. 한쪽 날개를 다친 것 같았다.

날아다니는 것들에게 날개는 목숨과 같은 것인데 방치해 둘 수는 없는 일이었다. 들여다봐도 내가 해줄 수 있는 것은 아무것도 없었다. 동물병원을 생각했지만 이미 하루는 저물어 가고 더구나 일요일이었다. 집 안으로 데리고 들어갈 수는 없고, 내 창문 가까이에 있는 나뭇가지에 올려놓고 나도 내일을 위해 밤으로 갔다. 어쩌면 스스로 날개 운동을 해서 날아갈 수도 있을 것이라고, 그래서 아침이면 저 자리에 없을지도 모른다고, 제발 그랬으면 하는 마음으로 그 밤의 선잠 속을 드나들었다.

이른 새벽 그 새는 내 바람도 허무하게 그 자리에 그대로 앉아 있었다. 그도 동행을 잃은 아픔과 다친 날개에 대한 고민을 안고 뜬눈으로 길고 긴 밤을 보냈을 것이다. 아침을 서둘러 시작하고 병원 진료시간을 기다리는 동안에 물과 곡식 앞에 앉혀 놓아 보았지만, 아무것에도 부리를 대지 않았다. 그렇게 사람으로 치면 두 끼니를 거른 채 잔뜩 움츠려 있던 새는 병원으로 가는 길에 새소리가 들리니, 도움을 청하는지 큰소리를 내며 날아오르기라도 할 듯 한쪽 날개를 푸드덕거렸다.

"두고 가면 우리가 치료해서 보내줄 겁니다" 동물병원 의사의 말에 나는 등짐 지고 있던 것을 내려놓는 기분이었다. 잘 부탁한다는 말을 남기고 병원문을 나서는 발걸음은 가벼웠다. 치료를 받고 집으로 데려오면 날개가 회복될 때까지 어디에 두고 보호해야 하는지, 병원을 오는 내내 아니 지난밤에도 문득문득 그 생각을 하면 막연하기만 했었다. 관할 구청과 연계해서 야생동물 구조와 치료에 도움을 주고 있다는 정보가 나에게는 전혀 없었기 때문에, 내가 해결해야 할 숙제로만 여겼었다. 우리나라 참 좋은 나라구나 감탄을 하며 가던 것도 잠시, 치료하는 것을 확인하고 완치되면 내 손으로 날려 보내주었으면 하는 아쉬운 마음을 떨치지 못한 채 집으로 돌아왔었다.

"직박구리네요" 의사가 그렇게 말해주기까지 나는 새의 이름을 궁금해하지 않았다. 무슨 새일까 생각할 여유가 없었다. 날개가 원래 상태로 회복될 수 없다면, 하찮게 생각해서 성의를 보이지 않는다면, 동물병원에서 이런 새는 다루지 않는다고 거절을 하면 등등, 되지 않는 이유만 줄줄이 나열하느라 새의 이름은 그다지 중요한 것이 아니었다.

동물병원을 나서면서 직박구리, 그 새의 이름을 처음으로 입에 올려 보았었다. 겨울이면 우리 집 감나무에 날아오는 이름 모르던 그 새가 바로 직박구

리였다. 까치밥을 다 먹고도 겨울이 다 지나가도록 매일같이 날아와 감나무에서 머물다 가는 새, 먹이가 없어서 그런가 하고 나에게 동정심을 자꾸만 일으키게 하던 새였다.

사람들 세상에 점점 늘어가는 유리창 속의 풍경에 더는 속지 말라고 일러주며, 내 손으로 직접 보내주지 못한 아쉬움을 키우며 이십여 일이 지났다. 그 새는 건강해진 날개를 다시 찾아 숲으로 돌아갔을까. 새소리만 들리면 나도 모르게 소리 쪽을 향하게 된다. 올겨울에도 우리 감나무에 새가 날아오면 그 새를 부르듯 이름 한 번 크게 불러주고 싶다. 그 직박구리는 지금 저물어가는 하늘 어디쯤을 날아가고 있을까?

풀을 경작하다

밀림이었다. 발을 들여놓기가 두려웠다. 어디에도 길은 보이지 않았다. 낯설게 변해 있는 풍경은 까칠하게 서서 오히려 나를 낯설다고 거칠게 밀어내고 있었다. 호명하면 푸른 이파리를 흔들어 화답하던 그들은 어디에 있는 것일까. 어떻게 하나 저들을. 일부러 경작이라도 한 듯 무성하게 자란 풀들 앞에서 한동안 멍하니 서 있었다.

삼십여 일이라는 공백기가 만들어 놓은 결과물이었다. 우리가 여행이라는 이름으로 집을 비우고 나서 며칠 후 장마가 시작되었다고 했다. 하지만 예전의 장맛비가 아닌 가끔씩 적당히 내리는 정도였다고 하니, 흙을 의지해서 햇빛과 물을 주식으로 하는 것들에게 그 여름날은 흡족한 환경이었을 것이다. 돌보던 꽃들은 때를 맞추어 물을 주어야 하는데 그 염려를 놓을 수 있어 다행이라고 생각했었다. 늘 내가 경계근무를 하다시피하며 단속하던 꽃 주변의 풀들에게도 성장하는 데 적기라는 것을 염두에 두긴 했었다. 염려가 되기는 했지만 이런 모습까지 상상하지는 않았다.

한숨을 내쉬는 것은 포기하고 싶은 마음, 항복을 생각하기 때문이었을 것이다. 막막하도록 놓여진 과제를 대하니, 순간 꽃을 가꾸고 돌보며 사는 일을 그만두고 싶다는 마음이 슬그머니 일어났다. 요즘 들어 힘에 겹다는 생각을 종종 하곤 했었다. 잠깐 마음을 다른 곳에 두면, 경계를 무시하고 넘어오는 풀과의 씨름에 회의가 들게 된 것이다.

직접 키운 채소가 자기 먹거리가 되면 보람도 즐거움도 크다는데, 나는 그 일에 마음이 가지 않는다. 채소를 키우는 일은 노동으로, 꽃을 가꾸는 일은 취미로 내 몸이 받아들이는 것이다. 그 때문에 텃밭을 제대로 활용하지 못해서 온갖 풀만 경작하다가, 올봄에 꽃과 나무를 심어 정원으로 용도를 바꾸어 주었다. 그 탓에 내 손이 가야 할 곳이 더욱 많아져서 이제 서서히 노동화 되어 가는 중이었다.

사랑은 책임지는 것이라던가. 아무 대책도 없이 집을 오래 비워 둔 것, 특히 정원이라 이름 붙여 놓은 공간을 오래 돌보지 않은 것은 방치한 거나 다름없는 일이다. 내 손을 늘 타던 것들은 내 관심을 기다렸을 테지만, 내 간섭과 구속을 받던 것들에게는 자유를 허락한 것이나 다름없는 시간이었을 것이다. 내 허리만큼 자란 풀들, 그들은 내 눈에 익숙해 있고 내 손에서 만만하게 다루어지던 것들이었다. 하지만 모두가 본래 내가 알던 모습이 아닌, 꽃까지 피워 놓고 당당하게 서서 내 손을 냉정하게 거부했다. 눈치를 보며 살던 것들에게 주어진 자유는, 그렇지 않은 것들보다 더 벅차게 다가와 더 크게 누리고 싶었으리라. 그랬을 것이다. 늘 제한받던 영역을 벗어나서, 나무들처럼 쑥쑥 키도 높이고 가 보고 싶었던 길을 마음껏 가고도 싶었을 것이다.

집을 비우기 전에 한창 예쁘게 꽃을 피워 놓았던 것들이며, 꽃망울을 올리던 것들의 위치라도 우선 확인해 보고 싶었다. 어림짐작으로 찾아서 그 주변의 풀들을 자르려고 허둥대며 낫질을 하다 손가락을 베었다. 급할수록 돌아가라는 말은 그저 옛말일 뿐, 급하니 빠른 길만 생각나는 거였다. 뚝뚝 떨어지는 선혈을 보고 나서야 혼자 서두른다고 될 일이 아니라는 것을, 급하게 서두를 일도 아니라는 것을 생각했다. 결국 아무것에도 손을 대지 못하고 남의 일손을 빌려야 했다. 우여곡절 끝에 옛 구조를 다시 찾은 정원은, 세간 모두 드러낸 막 이사를 간 빈집 같았다. 저들끼리 모여 살라고 경계를 만들어 놓은 돌 울타리들만 전장의 상흔처럼 여기저기 남아 있을 뿐, 그 안에서 살던 꽃들은 어디로 떠났는지 보이지 않았다. 주인의 편애를 받던 것들이라고 풀들이 거칠게 몰아 세웠을 것이다. 의지할 곳도 도망갈 곳도 없이 버티다 견디다 그만 주저앉았을 것이다. 어쩌다 살아 있는 것은 어딘가 한구석 심하게 앓은 표정이었다. 남의 나라 정원을 두루 돌아다니며 그들에게 감탄과 찬사를 보내는 동안, 내 정원의 것들은 이런 수난을 겪고 있었던 거였다. 나무라 명명된 것들만 나무라는 체면을 지키느라, 그 밀림 같은 풀밭 속에서도 꿋꿋하게 꽃을 지키고 있었다.

그래, 저 풀들도 얼마나 자라고 싶었을까. 자꾸자꾸 잎도 만들고 키도 높이고 꽃도 피우며 살고 싶었을 것이다. 세상살이는 모두에게 쉬운 일이 아니다. 꽃들은 늘 풀을 견제해야 하고 견제에서 낙오되면 지는 삶이다. 풀은 언제 추방당할지 모르는 삶이니, 기회만 되면 쾌속으로 질주하듯 자랄 수밖에 없을 것이다. 그렇게 아우성치듯 일어나 한 달여 씩씩하게 살다가, 흉터처럼 숱한 자국만 남기고 떠난 자리를 보니 문득 미안해졌다. 내 감시가 소홀해진 틈을 타서 한번 자신있게 살아 보고 싶었을 것이다.

풀과 꽃을 한 공간에서 경작하느라 이편과 저편으로 때에 따라 기울면서, 정답도 없는 문제를 나는 해마다 풀고 있다. 일손을 빌리던 날, 잘려나가는 풀들의 상처에서 철철 넘쳐흐르던 향기를 기억에서 꺼내 놓고, 눈물인지 항변인지 모를 소리 없는 그들의 말을 다시 듣는다. 어쩌면 꽃을 피우는 완성의 단계까지 닿을 수 있어 행복했을지도 모른다는, 오직 나의 위안만을 위한 생각도 곁들이면서 그들이 다녀간 흔적을 돌아보고 있다.

저녁의 시간

젖은 손을 털고 창가에 선다. 먼 길 걸어온 태양은 어느 곳인가의 하루를 밝히려 떠나고, 서쪽 하늘이 곱게 감빛으로 물들어 있다. 일몰을 우연히 마주하게 되는 날도 있지만, 대부분은 뜨거운 이별 뒤의 여운을 다스리는 듯한 하늘을 바라보게 된다. 흔들리며 하루를 지나온 나무들과, 천천히 날개 접으며 숲으로 돌아가는 새들 모습에서 긴 하루의 피로가 보인다. 고단함이 담긴 그들의 깊은 호흡이 들릴 듯하다. 묵정밭의 삶을 짙푸르게 키워 놓은 들풀들도, 하루를 잘 견디었다고 서로의 어깨를 다독이며 격려하는 것 같다. 저녁은 저렇게 모두에게 평온한 휴식의 시간으로 다가온다.

풀밭 속의 보랏빛 한 점이 시선을 잡는다. 풀밭에 수시로 풀을 잘랐는데 어떻게 그 수난을 이기고 꽃을 피웠을까. 벌개미취꽃 맑은 보랏빛이 선명하게 돋보인다. 들여다보며 돌보지 않았기에 더욱 애틋한 꽃이다. 더구나 홀로 모진 환경 속에서 버티며 피워 낸 저 꽃은, 지금 얼마나 큰 안도의 한숨을 내쉬고 있을까. 어쩌다 저곳에 이르게 되었는지 모르는 삶이다. 우리가 그러하듯이 저 벌개미취도 자기 터전을 선택할 수 없었던 것이다. 보호받으며 무리 지어 자신을 드러낼 수 있는 곳이었다면 저 수난은 겪지 않았을 일이다. 포기하지 않고 몇 번이고 다시 일어났을지도 모를 저 꽃이, 왜 이제야 눈에 들어온 것일까. 봄이 되면 한적한 곳으로 옮겨서 마음 놓고 자라나라고, 뿌리에 뿌리를 이어가서 그들 터전을 이루게 해주어야겠다. 오뚝이 같은 근성을 지닌 사람에게 기회가 주어지듯, 저 끈기 있는 생명력을 무시할 수는 없는 일이다.

측백나무 한쪽에 거미줄이 엉켜 있다. 나무와 나무 사이에 출렁다리처럼 제법 넓게 펼쳐 놓은 것을, 거두어내고 남은 흔적이다. 거미는 아마 나를 원망하며 다른 곳으로 피신해서 또 다른 건설을 꿈꾸고 있을 것이다. 언젠가 날개 달린 작은 것이 거미가 만들어 놓은 그물막에 걸려, 버둥대는 것을 우연히 보게 된 날이 있었다. 벗어나려고 몸부림치는 것을 바라보다 안쓰러워 도와주려했지만, 거미줄에 감긴 날개는 다시 펼칠 수가 없었다. 그 후 거미줄만 보면 악착같이 거두어 놓곤 했다. 거미도 그 나름 살아가기 위한 방법이고 길이며, 거미도 필요해서 만들어진 자연의 일부라고 생각하면 내 행동이 옳은 것은 아닐 것이다. 그렇게 살아가라고 만들어진 생명이니 자연의 섭리에 맡길 일이지 싶다.

잔디 마당 여기저기에 내가 헤쳐 놓은 자국들이 보인다. 풀을 골라내느라 호미가 지나간 흔적들이다. 땅속을 안락한 그들의 집이라 여기며 사는 것들에게, 오늘은 전쟁 같은 하루였을 것이다. 호미를 사용할 때마다 한번에 힘을 주지 않고, 그것들이 피신할 기회라도 주자고 가볍게 한 번 땅을 치는 행위를 습관처럼 하고 있다. 그런 행동이 얼마나 도움이 되는지는 모르지만, 최소한이라도 그들에게 피해를 주고 싶지 않기 때문이다.

세상을 살아가고 있는 모든 것을 바라보는 자세가 가장 순수해지고 낮아지고, 스스로에게 고해성사라도 하고 싶은 시간이다. 어긋나는 불협화음 없이 모든 것을 너그럽게 받아들이고 싶은, 마음자리가 가장 잔잔해지는 때이기도 하다. 나무 하나와 풀 한 포기에도 존재의 의미를 생각해 보게 한다. 누군가를 아프게 다치게 했을지도 모를, 하루를 걸어온 내 발자국과 언어들도 돌아보게 된다. 흔들리며 사는 것들도 비로소 흔들리지 않는 시간이다. 모두들 평안히 이 저녁의 시간을 맞이하라고 나와 오늘을 동행한 모두에게 마음을 전해 보는 창가, 서편 하늘의 노을이 곱다.

좋은 하루 되기

좋은 하루, 즐거운 시간되라는 말을 우리는 자주 주고 받는다. 항상 그럴 수 있는 날들이라면 얼마나 좋을까. 그렇게 되는 것이 쉽지 않은 일이니까, 우리는 서로의 좋은 날들을 기원하며 그 말을 하게 되는 걸게다. 맑은 하늘을 이고 사는 날도 있고 흐리고 바람 불고 비 내리는 날도 있듯이, 그날의 어느 감정이 주류를 이루는가에 따라서 변할 수밖에 없는 것이 우리의 마음이다.

누군가의 부음 소식을 전해 들었다. 서로 안면을 익힌 사이는 아니다. 정기적으로 간행되는 문학 동인지에서 글을 통해 익숙한 이름일 뿐이지만, 그 소식을 듣고 하루 종일 마음에 그늘이 드리웠다. 전원에 안착해서 자연과 더불어 사는 그의 일상에 열정적으로 심취해 있다는 것을, 그의 글을 통해 알고 있었기 때문에 더욱 안타까운 마음이었다. 한 번도 만난 적이 없던 사람, 여전히 거기 있다고 여길 수 있었으면 좋겠는데 그것이 되지 않는 것이다. 생각의 차이가 이렇게 마음에 커다란 변화를 준다. 해가 거듭될수록 크고 작은 이별 앞에서, 쉽게 돌아서지 못하고 오래 서성거리게 된다.

어제는 보름달로 가고 있는 둥근 달빛 아래를 걷다 돌아오는 길, 불빛이 없는 집 앞에 한동안 우두커니 서 있었다. 낮에는 전혀 느끼지 못했던 빈집의 기척이, 주변의 불빛 속에서 어둠으로 존재를 드러냈다. 며칠 전에 다른 곳으로 주거를 옮긴, 마주치면 가볍게 목례로 지나치던 이웃이 살던 곳이다. 왕래도 없던 그 빈집 앞에서 휑해지는 그 마음은 무엇이었을까. 불빛으로 환한 다른 집들 속에서 섬처럼 홀로 어둠을 안고 있는 집, 나와는 전혀 관계도 없는데 남겨진 그 주체가 내가 되어 쓸쓸해지는 것이다. 다시 인기척이 들려오고 저 어둠에 불을 밝히게 되는 날, 이 쓸쓸함도 저 빈집에서 빠져나올 수 있으리라. 이제 새롭게 누군가를 만나고 또 무엇을 소유하기보다 떠나보내는 일이 많아서인지, 외롭게 남아 있는 것에 자신을 이입시키는 버릇이 생겼다. 그런 감정에 침몰해 있을 때면 나이 탓이라고, 내가 쌓아 놓은 세월을 다시 인식하게 된다. 점점 더 빈집을 닮아가는 연륜이라면, 누구나 느끼며 사는 공통분모인지도 모르겠다.

시간이 지날수록 새로운 사람과의 만남이 편하지 않고, 오랫동안 함께한 인연들과의 이별이 두렵다. 그러니 사는 곳을 옮기는 것 또한 어려운 일이다. 하지만 영원히 함께할 수 없는 우리의 여정이다. 어느 이별이 아프지 않은 것이 있을까. 우리 모두 그렇게 머물다 흩어지는 인연들이니 거기 그 자리에 있음에 감사해하고, 가끔 아득히 먼 거리로 떠나가는 이름들의 영원한 안녕을 빌어주어야 할 것이다.

햇빛 쪽으로 나앉는다. 한껏 눅눅했던 마음에도 빛이 드니, 턱 받치고 앉아 음울하게 바라보던 세상이 조금씩 밝아진다. 자꾸만 뒤돌아보느라 때때로 멈추어 서 있는 나를 채근하기 위해 수시로 입에 올리는, "두 번은 없다. 반복되는 하루는 단 한 번도 없다" 폴란드 시인 비스와바 심보르스카의 시 구절을 생각한다. 오늘은 다시 오지 않는다. 내가 어느 감정에 치우쳐서 오래 머물러 있어도, 시간은 이 순간도 시계의 초침처럼 나를 밀며 어딘가로 흘러가고 있을 것이다. 그러므로 좋은 하루 되자고 즐거운 시간 되자고, 주문처럼 되뇌며 마음의 창을 활짝 열어야겠다.

재회를 꿈꾸며

대사리, 수암리, 외사리, 귀에 익은 이정표들이 보인다. 산등성이들이 모두 하나하나 그리운 이름으로 저 건너편에서 나를 바라보고 있다. 산을 등지고 오붓하게 모여 있는 집들, 그 마을 앞으로 펼쳐진 논과 밭이 무성하게 자라고 있는 농작물들로 풍성하다. 옥수수밭, 콩밭, 아마 저기 어디쯤에 이곳의 특산물인 고추밭도 넓은 영역을 차지하고 있으리라. 진한 초록 들판 사이로 오롯이 드러난 하얀 길에 시선이 오래 머문다. 저 길들은 옛날 그 옛날을 고스란히 품고 있을 것이다.

구불구불해서 어디론가 가늘게 이어지는 길들, 논과 밭을 지나 윗마을로 아랫마을로 향하고, 또 어느 길은 산으로 올라가다 실뱀처럼 슬며시 꼬리를 감추며 사라진다. 저 길을 따라가면 작은 하늘 아래에서 서로를 의지하며 옹

기종기 살고 있는, 순한 사람들의 마을이 있을 것이다. 저렇게 산 허리쯤에서 아련히 사라지는 길은 하염없이 따라가고 싶은 아쉬움을 남긴다.

오래전 어느 여름날, 저 많은 길 중에서 어느 하나를 지루하도록 걸어 친구네 집을 찾아가던 날이 있다. 읍내에서 조금 멀리 떨어진 곳에 살던 그녀를 만나기 위해, 버스에서 내려 들어섰던 그 하얀 오솔길은 어디일까. 논둑 밭둑을 걷고 진한 향기를 흩어 놓던 찔레꽃 무리로 덮인 작은 언덕을 지나, 혼자 걸어가던 그날이 꿈 속 같다. 그 친구가 살던 마을은 어디쯤이었는지, 열서너 살 때의 시간을 되살리려 하지만 오래전 기억은 길을 찾지 못한다. 말이 없어 곁에 있어도 없는 듯 존재를 드러내지 않던 친구, 기억 속에 항상 지니고 있으면서 왜 한 번도 만나려는 시도를 하지 않았을까. 내가 세월을 가는 동안, 소중히 여기던 그 모두들이 변함없이 그 모습으로 그곳에 존재할 것처럼 여기고, 내일로 미루며 단지 오늘만을 살았던 것이다. 그 때문에 미루어 놓은 시간만큼 나도 밀려왔고, 지나간 일들은 이미 옛날이 되어 흑백의 낡은 그림들로 아련히 기억에 남아 있을 뿐이다.

기억 속의 일들이 정말 내 것이었을까 뒤돌아볼수록 그리워지는 날들이다. 고향을 향하는 길목에서면 마치 어제 일처럼 펼쳐지는 기억 하나가 늘 앞장을 선다.

친구들과 헤어지고 집으로 가던 길, 혼자 걸어오는 여학생을 두고 저희들끼리 무슨 내기라도 한 것일까. 다리 양쪽 난간에 걸터앉아 지나가는 나를 빤히 지켜보는 네 명의 남학생들 사이를, 아무렇지 않은 듯 애써 당당하게 걸어

가야 했던 날이 있었다. 되돌아서기에 자존심도 상하고 빠져나갈 갈래길도 없어 태연함을 가장해서 최대한 느긋하게 그들을 지나쳤었다. 부끄러워 얼굴 붉히고 어쩔 줄 몰라 하는 모습을 기대했는데, 도도하고 거만해 보여 그들 눈에 거슬렸었나 보다. 그 탓에 어느 날 밤 도서실에서 집으로 돌아가는 어두운 길목에서 기다리던 남자애가, 건방지다는 말로 뺨을 치고 달아났었다. 황당하기만 했던 그때의 일로 가슴에 품게 된 남자 이름 하나. 지금도 여전히 잊을 수 없는 이름으로 남아 있다. 가능하다면 꼭 한번 만나 보고 싶다. 그때는 울고 싶도록 화가 치미는 일이었지만, 이젠 순진하고 순수했던 청소년기의 일이 웃음으로 온다. 지금 어디서 늙어가고 있을 그는 그날의 일을 기억하고 있을까. 역사책의 중요한 사건들에 붉게 밑줄을 그어 강조해 놓은 것처럼, 내 젊은 날의 삶에도 밑줄 그어 놓은 부분이 되어 있다.

흘러간 반백년의 세월 속에서도 끊임없이 생각나고 궁금해지는 곳, 길목마다 마주치는 모두가 이제는 모르는 얼굴들이지만, 먼저 말을 건네 안부를 묻고 싶어지는 곳이다. 발전이라는 명목으로 변화되어 낯설어하는 나를 이방인처럼 자꾸 밀어내는데도, 옛날 그 길목의 날들과 사람들과의 이룰 수 없는 재회를 꿈꾸며, 기억 속의 아련한 사연들과 이름들을 들고 나는 오늘도 고향에 간다.

이별 연습

아무리 생각해도 아직은 때가 아닌가 보다. 뒤척거리던 마음을 일으켜 전화를 했다. 전화기 저쪽에서 '알겠습니다' 한숨을 곁들인 답이 왔고 전개되던 이야기는 없던 것으로 되었다. 집이 다른 사람의 소유가 되려하다 다시 돌아왔다. 남이 보기에 보잘것없다고 할 수 있는 것을, 손에서 놓기가 아쉬워 마음만 어지럽히다 다시 평정을 찾는다.

자연과 어우러진 시골이 좋아서 농가주택을 지어 놓고, 시골과 도시를 오가며 생활한 지 십오 년째다. 도시를 드나들지만 마음은 항상 시골에 두고 다니니, 나는 거의 시골사람이고 그곳 생활에 더 익숙하다. 내가 감당하기에는 넓은 텃밭에, 농작물을 재배할 수 있는 능력도 취미도 없어 나무를 심고 꽃밭을 만들었다. 십여 년이 넘으니 꽃들은 해마다 잊지 않고 제자리를 찾아와 일상을 환하게 밝혀주고, 어린 나무들도 제법 늠름하게 자라서 작은 숲을 이루었다. 그들 모두 스스로 한 일이지만, 특히 나무들은 왠지 내 손에서 자란 자식들 같아 바라볼 때마다 대견하고 흐뭇하다. 목이 마르겠다고 생각되면 물을 주고 달린 식구들이 많아 몸이 무겁겠다 싶으면 가지치기를 해주고, 그들의 아픈 구석구석까지 들여다보며 함께 지냈으니 알게 모르게 깊은 정이 들었다.

시골의 일상은 게으르면 한없이 편하고, 일을 만들면 주변이 온통 손이 가야 할 곳이라 하루 종일 손에 일거리가 들려 있게 된다. 나무를 다듬고 흙을 만지고 꽃을 가꾸는 것을 좋아해서, 나는 스스로 게으를 수가 없게 내 몸을 부리는 편이다. 하루 치의 피곤이 휴식으로 잘 다스려지더니 이젠 편해지고 싶다고 몸이 저항을 하는지, 이곳저곳에서 불협화음을 일으켜 오랜 고심 끝에 시골 생활을 정리하려고 했었다. 마침 이곳을 마음에 두고 있다는 사람이 나타났고 흥정도 없이 거의 매매가 이루어질 수 있는 단계까지 이르렀는데, 나무 하나하나가 자꾸만 다가오는 것이다. 파수꾼처럼 밤낮으로 집 주변을 지키고 서 있는 나무들, 텃밭 가득 무리 지어 대기하고 있는 든든한 병정 같은 나무들, 모두 나를 향해 무언가 말하는 것 같고 원망하는 듯 침울해 보이기도 했다.

저것들을 두고 가야 하는구나 생각하니 마음이 착잡해졌다. 이제 남의 것이 된다고 서운해하는 것이 내 마음의 쉼터이며 놀이터인 꽃밭 때문이라고 여겼는데, 정작 나를 잡는 것은 어려서부터 지켜본 나무들이었다. 꽃밭은 가꾸기로 작정하면 어디서나 쉽게 이룰 수 있지만, 어린 나무가 자연 속 하나로 우뚝 서기에 많은 시간이 쌓여야 한다.

이곳을 떠나야 할 이런저런 이유를 만들어가던 궁리 끝에, 적임자 있을 때 넘기자고 남편한테 중대발표처럼 심각하게 해 놓았었다. 막상 결정을 해 놓으니 내 모두를 잃은 것처럼 허전했다. 마치 직장을 그만두고 나올 때처럼 이제 무엇으로 살아야 하는지, 어디에 삶의 의미를 두어야 하는지 막막해졌다. 힘들게 작정한 뒤에도 개운하지 않은 여운을 안고 끙끙거리며 마음 앓이를 하다, 아직은 아니라는 생각의 지배로 번복을 하게 된 것이다.

없던 일로 하자고 마음 다시 돌려세워 놓고 나무들을 바라보니, 그들이 안도의 큰 숨이라도 내쉬는 듯 살랑살랑 나뭇잎을 흔들고 있다. 빈 밭을 그대로 둘 수 없어 심었던 나무들이며, 이웃과 딱딱한 경계를 만드는 것이 싫어 울타리 구실을 하라고 심었던 나무들인데 어쩌다 이렇게 깊은 정이 들었을까. 허리가 굽어서 지지대에 몇 해를 의지하며 성장한 것, 그늘에서 가늘게 키만 높이기에 햇빛이 잘 드는 곳으로 자리를 옮겨주니 품을 넓히며 살찌던 나무, 어떻게 우리 울타리 안으로 들어왔는지 풀 한 포기인 듯 기초를 세우더니 건물 이층 높이가 될 만큼 키를 세운 층층나무, 없는 듯 있다가도 봄이면 흐드러지게 꽃을 피우는 박태기나무, 수국, 싸리꽃 등등 나와 그들만이 아는 함께한 많은 시간이 다시 보인다.

저들을 모두 데려갈 수는 없는 일이니, 어쩌면 나는 오래도록 이곳을 떠나지 못할지도 모르겠다. 언젠가는 저들과 영영 이별하는 날이야 오겠지만, 그때는 어쩔 수 없는 일이고 아직은 내 마음이 허락하지 못하겠다는 것이다. 첫정이 무섭다더니 나무와의 첫사랑에서 나는 한동안은 헤어 나오지 못하려나 보다. 새삼 주변을 둘러보니 모두가 소중하게 느껴진다. 꽃과 나무들이 배불리 먹고도 마당 가득 넘치는 이 맑은 햇빛들, 환대받지도 못하면서 꾸준히 찾아오는 들풀들 들꽃들, 계절 소식을 가장 먼저 들고 넘어오던 산바람, 시골의 적막이 문득문득 서글퍼질 때 조용히 곁으로 다가와 눈빛으로 말을 건네던 이름도 없이 살아가는 길고양이들, 이들 모두를 잃을 뻔했나 보다. 그 어렵고 섭섭한 과정은 먼 훗날로 미루어야겠다. 야무지게 준비도 되지 않은 이별 연습이었다.

타협

여권의 교체 시기가 되어 사진이 필요했다. 사진이 부득이 필요한 경우에 스냅사진에서 골라 사용하고 있는데, 반드시 증명사진이어야 한다니 할 수 없이 사진관에 가야했다. 말 그대로 내 얼굴에 내린 세월의 발자국을 확실하게 입증하는, 증명사진은 되도록 피하고 싶은 것 중의 하나이다.

사진관 출입부터 불편했다. 아무도 없는 곳에서 남자 사진사가 반겨주는 것도 그렇고, 모르는 그 사람하고 얼굴을 마주하는 것도 어색했다. "웬만하면 예전 사진 그대로 쓰고 싶은데 너무 오래돼서 안 되겠다고, 그동안의 노화를 확인하는 절차 같아 이런 사진 찍는 게 싫다"고, 귀밑까지 다 나오도록 머리를 손질하라기에 거울 앞에서 나는 말했었다. 언제부터였는지 묻지도 않는 말을 줄줄 흘리는 버릇이 생겼다. 공연히 그런 말을 했나 보다. 그 말에 사진기사가 너무 마음을 써주었던 것일까. 사진을 받아들고 나와, 엘리베이터 안에서 확인해 본 나는 깜짝 놀랐다.

"이게 나야?" 나에게 묻고 싶은 사진 속의 나는 젊어도 지나치게 젊다. 그 많은 주름 하나 보이지 않고 환하게 웃고 있다. 부동자세에 굳은 얼굴로 앉아 있는 나에게, "웃으셔도 되는데요" 하는 그 말이 우스워서 내가 너무 웃었나 보다. 여러 컷을 찍더니 하필이면 그 웃는 얼굴을 골라 현상해 준 것이다. 흰 머리카락을 감추느라 염색한 머리는, 멋내기 염색이라도 한 듯 염치도 없이 선명하도록 붉은 갈색이다. 이것을 어떻게 사용하나 난감해졌다. 예전 사진보다 더 젊은 여인이 되어 있었다. 컴퓨터 앞에서 "거의 다 되었습니다. 조금만 기다리세요" 하던 그 남자는 나도 모르게 나를 성형하고 있었나 보다.

여권 발급처에서 차례를 기다리며 앞 사람의 사진에 눈이 갔다. 그 사진도 성형을 했을까 궁금해서 넘겨다보았지만, 앞의 여인 얼굴을 제대로 바라볼 수 없으니 확인을 할 수는 없었다. 공연히 주눅이 든 손으로 건넨 신청서를 받아 든 직원은, 내가 그토록 죄의식까지 느끼는 사진은 제대로 보지도 않고 서류를 처리했다.

관공서를 나오면서 사진 속의 나를 생각했다. 그게 분명 허상이긴 하지만 별로 나쁘지 않은 기분이었다. 요즘은 풍경을 배경으로 스마트폰에 담는 작은 사진에도 나이를 감출 수 없어 되도록 피하고 싶은데, 좀 낯설기는 하지만 눈 언저리의 주름이며 팔자주름이 도드라진 것을 대하는 것보다 좋긴 했다. 왜 실제의 얼굴보다 젊게 나왔느냐고 사진사에게 화를 낼 사람은 없을 것이다.

사진을 담은 작은 봉투를 나에게 전해줄 때의 그 미소는, 최고의 서비스를 제공했으니 만족할 것이라는 의미였는지도 모르겠다. 하지만 이러는 건 아니지 싶다. 환히 드러내 놓고 다니는 얼굴이 나를 증명하는데, 성형한 사진이 무슨 의미가 있을까. 그것은 잠시 자기만족일 뿐, 떳떳하지 못하니 그 사진은 함부로 내밀지는 못할 것이다.

괜찮다고 그렇게 속아주며 지내자고 연신 꺼림칙해하는 나와 타협을 했다. 침실에 있는 거울 속의 나보다 화장실 거울 속의 모습이 더 마음에 든다고, 굳이 그 거울 앞에서 얼굴에 크림을 바르며 나를 확인하듯이 속아주기로 하자고, 남에게 피해를 주는 것도 아니고 남들은 실물을 대하는 거니까 나만 속으면 되는 거라고, 아직은 젊다는 착각 속에서 주눅은 들지 말고 살자고 내가 나를 한참을 다독이며 타협을 했다.

이제 가끔은 나를 증명한다고 서류에 첨부된 이 사진을 펼쳐 보여야 한다. 자신은 없지만 당분간 어쩔 수 없이 그 뻔뻔한 행동을 할 수밖에 없게 되었다. 이 사진으로 나를 확인하는 사람들이, 고개를 갸우뚱하는 기색 없이 제발 모르는 척 지나쳐 주기를 바라야 하나 보다.

송미정 수필집

가끔은 나도 흔들리고 싶다

02

십일월 묵상

숱하게 나열해 보는 이름들과 빼곡하게 적어가는 사연들로,
때때로 밤하늘은 거대한 엽서가 되기도 한다

뻐꾸기가 운다

　　새벽잠이 많던 그 여인은 어디 갔는지, 창문이 희미하게 밝아질 무렵이면 누가 깨우기라도 하는 듯 저절로 눈이 떠진다. 한밤에 늘 잠을 설치다가 새벽이 가까워질 즈음이 되면 단잠에 드는 것이 오랜 습관처럼 되어 있었다. 마음은 아직도 젊다고 버티고 있으니 힘에 겨운 내 몸도 걸음을 맞추어주느라 그랬던 것일까. 이제 더는 견딜 수 없는 한계에 닿았는지 몸도 순리에 따르려나 보다. 아직은 희뿌연 창문을 여는데 뻐꾸기 소리가 들린다. 앞산인지 뒷산인지 방향이 분명하지 않은 곳에서 나는 소리가, 열어 놓은 창문으로 이른 아침의 산뜻한 기운과 함께 들어온다.

　　찬연한 신록 위에 보랏빛 향연을 신비스럽게 펼쳐 놓던 등꽃이며, 피는 줄도 모르게 옅은 향기를 풀어 놓던 아카시꽃, 앞산의 그 봄꽃들이 다녀간 후, 돌아서는 오월의 뒷모습을 바라보면서도 아직은 봄이라고 마음은 우기고 있는데 뻐꾸기가 운다. 아쉽다고 어떻게 계절을 잡아둘 수 있을까. 며칠 후면 유월이니 이제 여름으로 가야 한다. 아침을 열다 말고 창문에 기대서 쉼표도 띄어쓰기도 없는 문장 같은 뻐꾸기 소리를 듣는다. 울음인지 노래인지 온몸을 나른하게도 하고 무언가 아련해지는 소리는, 하염없이 나를 어디론가 이끌고 있다.

은근히 나를 재촉하는 듯한 뻐꾸기 소리를 따라가면, 산골짜기를 따라 이어진 가느다란 오솔길을 걸어가고 있는 내가 보인다. 책가방 무게만큼의 쓸쓸함을 지고 집으로 돌아가는 긴 내 그림자 속으로 호명처럼 날아드는 뻐꾸기 소리, 그 소리는 외롭다고 우는 울음이었다. 나는 그 길에서 혼자였다. 처음 입어본 교복의 어색함이 조금은 사라질 무렵에, 늘 함께하던 친구네가 도시로 떠나간 후 나는 오래도록 혼자였다. 그 길에서 혼자라는 것에 익숙해지기까지 줄기차게 외로움과 맞서야 했다. 내가 그 마을을 벗어나기까지 두 해 여름을 보내는 동안에, 외로움과 마주하며 혼자 가는 길에도 익숙해져 갔다.

그 길에서 내 벗들은 계절따라 피는 꽃들이었고, 꽃이 진 자리에 울음처럼 맺히던 열매들이었고 온갖 새들이었다. 가볍게 종알거리는 참새며 박새부터 모든 소리들을 듣고 찾아보고 간섭하며, 혼자 가는 지루함을 견디어야 했다. 내 주변을 오고 가는 다른 새들과 다르게 뻐꾸기 소리는 언제나 멀리에 있었다. 그 때문에 지금도 그렇지만 뻐꾸기를 직접 볼 수는 없었다. 반짝거리는 빛처럼 소리가 다가오는 다른 새들과 다르게, 뻐꾸기 소리는 가슴에 안겨오는 것이었다. 두 손을 입가에 모으고 "어디에 있니? 잘 지내니?"라고 어디 먼 곳으로 보내는 안부처럼 느껴지기도 했다. 떠나간 친구를 생각하는 마음에서 그렇게 받아들이고 싶었을 것이다. 친구하고 둘이서 화답이라도 하듯 뻐꾸기를 따라 하며 웃기도 하던 그 소리는, 혼자 가는 길에서 지독한 외로움을 호소하는 것으로 들렸다. 외로움이 벅찰 때면 길가의 찔레순을 따서, 외로움과 버무려 꼭꼭 씹어 삼키며 걷고 있는 여름 길목의 나. 뻐꾸기 소리를 따라가면 정수리에 내린 뜨거운 볕을 이고 그 오솔길을 혼자 걸어가는 내가 있다.

지금 돌아봐도 많이 쓸쓸하고 외로운 날들이었겠다는 생각을 한다. 하지만 그 길을 혼자 다니기 싫다는 불평을 가족들에게 한 번도 말한 기억이 없다. 내 감성이 외로운 시간을 잘 받아들였던 것인지, 어쩔 수 없는 상황을 생각해서였는지 그것은 나도 모를 일이다. 둘이 있어도 여럿이 함께해도 외로울 수 있는 것을, 그때는 단지 혼자이기에 외로운 것이라고 생각했을 것이다. 이른 나이에 너무 일찍 외로움을 배우고 그 단맛만을 알아버린 때문인지, 늘 외로움과 동행하게 되어 있는 삶인지 모르지만, 지금도 때때로 스스로를 고립시킨다. 그래서 언제나 조금은 외롭고 그 외로움이 편하다.

뻐꾸기는 지금 그 시절을 저리도 선명하게 울고 있다. 나는 거기에서 얼마나 멀리 와 있는 것일까. 아직도 귀는 밝아서 뻐꾸기 소리에서 그때의 외로운 울음이 다시 들린다. 울음에는 모두 사연이 있을 것이다. 더구나 이른 시간부터 저리도 쉬지 않고 쏟아내는 울음이라면, 분명 이유가 있는 것이다. 창에 기댄 몸을 일으키니, 봄꽃들을 보내고 초록을 키우는 앞산 위로 옅은 아침노을이 번져 가고 있다.

자작나무를 응원하며

오랜 지인들을 만났습니다. 반가움에 서로의 말소리 웃음소리들이 허공에서 충돌하지만, 소음이라고 나무랄 아무도 없는 어느 건물의 옥상 정원입니다. 차 한 잔씩을 들고 햇볕을 향해 앉았지요. 살에 닿는 찬 공기를 따끈한 햇살이 덥혀주니 바깥이라는 것도 잊고 있는데, 문득 등 뒤의 나무가 가만히 말을 건네 왔습니다. 자작나무였습니다.

공원을 조성한 지 그리 오래되지 않은 듯, 어린 자작나무들이 둥글게 반원을 그리며 서 있었습니다. 옥상이라는 제한된 공간 탓인지 키를 높이지 않게 듬뿍 잘려져 있었지요. 저 나무들은 이곳에서 한생을 살아야 하는구나 생각하니 안쓰러운 마음이 되었습니다. 저들이 딛고 선 자리가 지상의 어느 숲이라면 좋겠다는 생각을 하다, 원대리 자작나무 숲이 떠올랐습니다.

무리 지어 서 있던 나무들, 그곳은 그들만의 세상이었습니다. 그들과 만난 계절은 한겨울이었지요. 자작나무는 눈이 쌓인 겨울 숲에서 그 참모습을 바로 볼 수 있다는 말에, 그 겨울 숲을 찾아갔었습니다. 하얀 눈밭에 눈보다 더 하얀 피부를 드러내고 서 있는 모습들은, 신비스럽고도 아름다웠지요. 눈밭에 나신으로 서 있는 늘씬한 여인들을 보는 듯 황홀했습니다. 어느 감탄의 말로도 표현할 수 없어, 나는 차라리 침묵했었지요. 그들을 만나려고 영하의 추운 날씨에 빙판이 된 길을 따라 오르며, 나는 몇 번이나 중심을 잃고 비틀거렸고 엉덩방아를 찧을 뻔도 했습니다. 찬바람을 헤치며 얼어붙은 길을 힘겹게 올라온 끝에 만난 풍경 앞에서, 내 눈은 자꾸 질척거렸습니다. 지극한 아름다움은 언제나 뜨거운 눈물을 동반하지요. 그곳까지 이르도록 펼쳐 놓은 고단했던 길은 금세 잊고, 나의 평범한 차림새마저도 잊고 마치 초대받은 손님이라도 된 듯 자작나무의 겨울 왕국으로 들어갔었습니다.

하늘은 눈이 부시도록 파란 장막을 펼쳐 놓고, 자작나무들의 백옥 같은 살결을 더욱 돋보이게 하고 있었지요. 산이나 공원에서 몇 그루의 자작나무를 만나게 되면 이방인 같은 안쓰러움이 있었는데, 당당하고 늠름하게 한겨울 속에 서 있는 그들 속에서 나는 아주 작고 초라한 나그네일 뿐이었습니다.

자작나무를 처음 만날 때부터 나는 그 나무를 사랑하게 되었습니다. 그 나무를 만나면 무언지 모를 애틋하고 안타까운 마음이 됩니다. 멀리서라도 눈인사를 하게 되고 괜찮으냐고 안부를 묻고는 합니다. 현지 생활에 어쩔 수 없이 적응하며 살고 있는 것 같은 느낌입니다. 아마 그 나무를 처음으로 만난 곳이 시베리아 벌판이라는 이유 때문이기도 할 것입니다. 그 추운 지방이 그들의 고향이라는 말을 들으며, 끝없이 펼쳐지는 자작나무 숲을 지나가던 그때의 기억이 각인되어 있는 때문이겠습니다.

나는 모든 나무들을 좋아합니다. 어린 나무가 자라서 거목이 되는 것을 지켜보며 함께한 날들이 있지요. 그 때문에 나무들을 까닭도 없이 마구 베거나 뭉툭하도록 가지를 치는 것을 보면 마음이 불편해집니다. 나무를 대신해서 항변이라도 하고 싶어집니다. 나는 가끔 생각합니다. 전생이 있었다면 나무이거나 들꽃 같은 식물의 이름을 가졌을 것이라고, 그 탓에 자연의 위치에서 느끼게 되는 것이라고 말입니다. 그래서 지금 등 뒤의 저 어린 자작나무들을 안타까운 마음으로 바라보고 있습니다.

다른 나무들과 달리 자작나무는 왠지 보호본능이 일어나게 합니다. 나무의 속성은 모르지만, 하얀 피부에 작고 여린 가지들이며 작은 이파리들에서, 강한 이미지를 찾을 수 없는 때문일 것입니다. 여기에서 살고 있는 자작나무들도 벌거벗은 채로 겨울 거리에 나선 미아들 같습니다. 외투라도 벗어 걸쳐주고 싶도록 파리한 모습으로 느끼는 것은, 나의 과민 반응이겠지요.

우리가 일으키는 소음에 귀 기울이고 있을 것 같은 그 나무들에서, 간신히 마음을 돌려 세워 이야기에 합류해서 웃음이 되기까지 시간이 필요했지요. 비록 옥상이라는 한정된 공간에서 살고 있지만 여럿이 함께 있으니 외롭지는 않겠다고, 그래서 내 마음도 괜찮다고 그곳을 돌아서며 겨울 햇살을 듬뿍 이고 있는 그들을 마음으로 응원했습니다.

봄은 어디쯤 오고 있을까

습관처럼 올려다본 밤하늘에 달이 보이지 않는다. 보름달을 감상하던 날이 어제 같은데 어느새 달도 그믐으로 기울고 있나 보다. 삭막하기만 하던 겨울에 모처럼 이월 끄트머리에서 내린 눈도, 포근해진 날씨에 모두 녹아 겨울의 흔적은 없다. 달빛에 더욱 환하게 보이던 음지에 남아 있던 한 줌의 잔설도 가고 없다. 어둠을 덮은 화단의 나무들이 고요하다. 겨울 늦도록 마른 잎을 잡고 있던 단풍나무도 이제 잎을 모두 내렸다. 새 계절로 가기 위한 준비를 하고 있을 것이다. 봄은 어디쯤 오고 있을까.

목련나무의 겨울눈이 이 밤에 두드러지게 눈에 띈다. 그 겨울눈에 손가락 하나를 가만히 대본다. 감촉이 부드럽다. 곁에서 서성거리는 내게 금세라도 말을 걸어올 것 같다. 이미 겨울잠에서 일어나 봄을 기다리고 있는지도 모르겠다.

목련가지 사이로 보이는 밤하늘이 아직도 푸른빛을 품고 있다. 몇 송이의 하얀 뭉게구름도 아직 가야할 길이 남아 있는지, 천천히 흘러 가고 있다. 저 구름의 종착지는 어느 계절일까. 느릿느릿 머문 듯 흘러가는 구름을 보면, 어딘가로 누군가에게로 전하는 소식을 얹어 놓고 싶다. 먼 이국 생활에서 적적해할 딸에게, 나를 스쳐 간 이름들과 내가 지나온 얼굴들에게, 멀고 먼 곳으로 훌쩍 가버린 사람들에게 보내는 안부를 실어 놓고 싶다. 암울하던 겨울이 가고 다시 봄이 오고 있다고, 파릇이 일어나는 새싹들처럼 모두 거기 그 자리에서 새로운 마음으로 걸어가는 날들이 되자고 전해주고 싶다. 숱하게 나열해 보는 이름들과 빼곡하게 적어가는 사연들로, 때때로 밤하늘은 거대한 엽서가 되기도 한다. 오늘 이렇게 긴 문장으로 밤하늘을 바라보고 있는 것은, 찬 기운이 많이 가신 한결 나긋해진 밤 공기의 영향이다. 잔뜩 움츠리고 다니던 어깨를 펴니 밤 하늘도 새삼스럽게 포근한 마음으로 바라보게 된다.

어제는 따뜻해진 햇살을 이고 북한산 골짜기를 걸었다. 엊그제 내린 많은 비로 불어난 계곡물은 씩씩하게 소란스러웠고, 산으로 오르는 길은 사람들로 북적였다. 사람들 표정도 옷차림도 이미 봄이었다. 주변의 나무들이 사람들의 가벼운 발길 때문에 서둘러 계절을 시작할 것 같았다. 갓길로 나선 진달래 나무가 유난히 눈에 뜨인다. 아직 꽃을 피우지는 않았지만, 올해도 이 숲의 봄을 가장 먼저 이끌어 가려나 보다. 주변 아웃도어 매장에 울긋불긋한 의류들이 꽃처럼 고왔다. 사람들도 빈번하게 매장 안을 들고 났다. 저만큼 물러

나서 무심히 바라보던 나도, 길가에 진열된 알록달록한 스카프에 눈이 갔다. 분위기에 휩쓸려 필요하지도 않은 것에 덩달아 마음이 가고 손이 가게 하는, 그렇게 슬며시 봄기운은 전염되는 것이었다.

이 밤에도 봄은 주섬주섬 여러 향기를 싸들고, 저쪽 산마루 어디쯤 넘어오고 있을 것이다. 올해는 어느 향기를 먼저 풀어 놓을까. 우리 화단의 목련과 산수유나무는 서로 시샘이라도 하듯 앞을 다투어 꽃을 피운다. 올봄에 나도 그들과 함께 선두를 지키려는 다툼에 끼어야겠다. 아니, 그들보다 앞서고 싶다. 해마다 그들이 꽃문을 열어야 나의 봄도 열렸는데 그들보다 먼저 봄을 시작해야겠다. 마음의 창을 내가 먼저 활짝 열어 놓고 그들을 기다려야겠다.

금방이라도 방긋 웃으며 얼굴을 내밀 것 같은 목련 나무 아래서, 겨울이 멀어져 가는 소리와 다가오는 봄의 소리를 온몸으로 듣고 있다. 기다리지 않아도 오는 계절이지만, 봄은 늘 이렇게 맨발로라도 달려가 마중하고 싶은 반가운 손님처럼 기다려진다.

가을 나기

아침 찬 공기에 하늘 푸른빛이 더 시리게 느껴진다. 나무 밑이 고운 빛깔의 낙엽으로 덮여 있다. 노을빛으로 물든 마당의 단풍나무 아래서, 나무가 내리는 나뭇잎들을 헤아리던 고요한 저녁의 시간을 지나고, 잠을 기다리느라 뒤척거리고 있던 그 밤에 나무는 저렇게 많은 이별을 하고 있었나 보다. 휑하게 드러나 있는 나무를 올려다보니 그 몸이 내 것인 듯 허전해진다. 단풍이 들어 화려해진 나무와 나무의 몸을 떠난 낙엽 사이에서 아쉬운 마음으로 서성거리게 하는 11월, 늦가을의 길목이다. 오랜 기억들도 그리움이란 이름으로 돌아와 걸음마다 동행하는 계절, 그들을 데리고 이 가을을 또 어떻게 보내야 할까. 사는 것은 하루하루를 견디는 일이라고 누군가 한 말을 다시 생각하게 하는 계절이다.

햇빛이 머문 단풍나무 아래 차 한 잔을 들고 앉았다. 붉은 잎 하나가 찻잔 곁으로 떨어진다. 물감이라도 들인 듯 여백 없이 붉은 잎을 내게 온 소식처럼 손에 넣지만, 반갑게만 만질 수 없는 쓸쓸한 이름이다. 이렇게 어디선가 소식 하나 날아왔으면 좋겠다. 오랜 기억을 깨우며 문득 안부를 물어오는 엽서 하나 내 가을로 찾아왔으면 좋겠다.

손편지가 생각나는 계절이다. 단풍이 곱다고 그 고운 시절이 진다고, 누군가의 가을을 담은 그런 손편지를 기다리고 싶은 날이다. 말로는 못다 한 이야기, 가슴에 담아두고 차마 하지 못한 말을 고운 낱말에 담아, 모든 그리운 그대들에게 보내 놓고 설레는 기다림도 하고 싶다. 몇 번이고 우편함을 들여다보는 지루한 기다림의 순간을 즐기고 싶다. 날마다 낙엽은 지고 거리는 낙엽의 길이 되어 쓸쓸해도, 그런 기다림이 있다면 가을이 괜찮을 것 같다.

어제는 마을 어귀를 돌아오는 우편배달부의 기척에 마당 끝까지 나가 보았다. 그가 전해준 것은 늘 우편함을 채우던 고지서였다. 나는 무엇을 기다렸던 것일까. 보내 놓은 소식도 없이 막연한 누구의 소식을 기다리고 있는 것인지, 늘 그렇게 우편배달부의 방문은 순간 마음을 설레게 한다. 오랜 세월 동안 철저한 은둔생활을 하다 생을 마친, 영미문학을 통해 가장 위대한 여류시인으로 평가된다는 에밀리 디킨슨이 '편지는 신도 누리지 못하는 지상에 존재하는 사람에게만 주어진 기쁨'이라고 했다. 순간에 오가는 전자편지에 길들여져서, 나도 언제부턴가 그 기쁨을 점점 잃어가고 있다. 하지만 여전히 빨간 우체통 앞에서나 우편배달부를 만나면 가슴에 작은 파문이 인다.

아까부터 일어나는 소음, 자꾸 밀어내려 하지만 지척에서 일어나는 어찌할 수 없는 소음을 의식할 수밖에 없다. 그냥 두어도 괜찮다는데 조용한 마을에 굳이 기계소음을 내며 남자는, 키를 높이지도 못한 채로 시든 풀들을 자르고 있다. 질주하듯 달려가던 일상에서 한 발 비켜나, 어느 날 그가 한숨 돌리며 멈추어 선 곳은 생의 늦가을이었다. 그 때문인지 유난히 가을방황이 길다. 그에게도 이 가을은 견디어야 하는 계절이다. 자신의 감정표현에 인색한 그는 지금 쓸쓸하고 허무한 마음을 저렇게 몸으로 쓰고 있다.

개울의 물빛이 투명해졌다. 물의 속살까지 환하게 보인다. 거기 그렇게 살고 있었느냐고, 물풀 속을 바삐 드나드는 작고 작은 것들에게 새삼스럽게 안부를 물었다. 깊이 들여다보면 아프지 않은 것들이 어디 있을까. 오랜 세월 깎이고 부서지며 견딘 몽돌들의 사연이 환히 읽히는 맑은 물길도, 나지막한 목소리를 내며 11월을 차분하게 흘려보내고 있었다.

햇빛도 무게가 되는 듯 사르르 낙엽이 될 때마다 올려다보게 되는 나무, 이제 나도 하나씩 버려야 하는 저물녘으로 향한 때문인지 나무의 마음이 된다. 함께 있어도 문득문득 홀로인 것 같고, 많은 사람들 속에 합류하기보다 한적한 길을 혼자 조용히 걷고 싶은 계절, 수다스런 이야기보다 눈빛으로 침묵으로 소통할 수 있는 사람이 더 생각나는 때이다. 차 한 잔 곁들여서 자연을 읽고 또 읽는 이 고독한 여행 또한, 내가 이 가을을 견디는 일 중의 하나인 것이다.

십일월

11월은 숫자 그대로 11월답다. 수천 수만의 이파리를 달고 있던 마당의 느티나무도 벚나무도 풍요롭던 한 시절을 보내고 빈 몸으로 서 있다. 숱한 잎들이 물들고 낙엽이 되는 것은 마치 청춘이 저물 듯 잠깐이었다. 그 아래 고요히 소란을 일으키며 흔들리던 강아지풀들도 더는 흔들릴 사연이 없다는 듯 말없이 고독하다. 가을과 겨울 그 사이에서 나는 종종 길을 잃는다. 꽃도 피우지 못할 거면서 늦가을 들판에 파랗게 올라온 금계국 망초싹들처럼, 사랑과 우정 사이에서 서성이던 때처럼 길을 잃고 방황한다.

무늬를 놓은 듯 울긋불긋 펼쳐진 나뭇잎들이 마당 전부를 차지했다. 낙엽이란 이름으로 변한 그것들을 쓸어내려고 마당비를 들었다 다시 내려놓는다. 낙엽을 쓸어내면 남은 가을 끝자락까지 모두 쓸려 갈 것 같은 아쉬움 때문이다. 이제 곧 고운 색깔을 다 버리고 가랑잎이 되어 이리저리 굴러다닐 그것들을, 언젠가는 일일이 불러내어 내 손으로 밀어 보내야 하는, 어차피 내 몫의 일인데 손도 대지 못하고 바라만 보고 있다. 나무가 간신히 잡고 있는 몇 개의 나뭇잎이, 오 헨리의 마지막 잎새같은 간절함인지도 모른다고 감정 이입까지 해 놓기도 한다.

저런 통로가 있었나 싶도록 집 앞의 산이 듬성듬성 열어 놓은 틈새들이 점점 넓어진다. 손가락만큼의 틈을 보이더니 가을이 깊어지면서 내 몸이 빠져 나갈 만큼의 여백을 넓히고, 또 나무들의 맨다리가 보이더니 이제 벌거벗은 맨몸이 드러나기 시작했다. 이맘때면 나는 앞산의 높이가 결국 나무들의 키 높이였다는 것을, 다시 한번 새삼스럽게 고개를 끄덕거리며 확인하고는 한 다. 울창한 푸른 숲으로 마을을 감싸고 저만큼 나앉아 있을 때는, 든든한 수호신 같고 아늑하게 감싸고 있는 울타리 같았다. 지금 앙상한 가지들을 드러내고 빈 몸으로 바싹 다가와 있는, 외출에서 돌아와 포장한 모두를 내려놓고 민낯으로 서 있는 나를 생각하게 하는 저 모습이 수시로 나를 쓸쓸하게 한다.

요즘 들어 부쩍 고양이가 자주 말을 걸어온다. 어디서 어떻게 여기까지 오게 되었는지 모르는 세 해째 나를 찾아오는 손님, 그 길고양이는 한동안 곁을 주지 않더니 초가을부터 슬며시 거리감을 줄여 오기 시작했었다. 허기진 배라도 채워주자고 사료를 놓아두면 그릇을 깨끗이 비워 놓고 가더니, 제 마음의 경계선을 허물기로 했나 보다.

매일같이 나를 찾아오니 집을 마련해주고 싶다는 생각도 했었다. 마음이 구속당하기 싫은 얄팍한 계산으로 그저 배나 곯지 말게 해주자는 쪽으로 생각을 정리했다. 집을 내준다는 것은 그를 책임지겠다는 의미일 것이다. 집을 비우게 되는 날이 많은 나로서는 스스로 마음의 짐을 얻는 일이다. 하지만 이때 즈음이면 한 번씩 갈등하게 된다. 마당에 머물 때 그는 무성한 철쭉 무리 속에 들어가 낮잠도 자기도 하면서 은신했다. 십일월이 되어 잎들이 모두 떨어지니 이제 그곳이 더는 그의 은신처가 되지 못한다. 헐렁한 철쭉나무들 속이 훤히 보인다는 것을 아는지 모르는지, 몸을 숨기듯 들어가 있는 그를 보면 갈등이 또다시 일어나는 것이다. 그 고양이도 늦가을, 이 십일월이 허전하게 느껴지는지 발치께까지 다가와 자꾸 말을 걸어온다. "왜 그러는데?" 그에게 다가앉아 답도 돌아오지 않을 질문을 하는 쓸쓸한 내 마음을 그 녀석도 알고 있는 것 같다.

주위를 둘러보면 가까이 있으면서도 꼭꼭 문 닫아 놓은 섬같이 외로운 집들, 그 사이사이에 벌거벗은 채 깊은 시름에 잠겨 사는 게 뭐냐는 답도 없는 질문을 품고 있는 듯한 나무들, 누군가의 소중한 무엇이 되었을지도 모를 이젠 사랑의 유효기간이 지났다고 버려진 생필품들, 패잔병들처럼 비틀거리는 마른 풀들, 그 사이로 난 구불구불한 길을 걸어가는 머리 희끗한 사람들의 뒷모습, 모두가 애잔하고 쓸쓸하게 다가오는 계절이다. 흘려듣던 대중가요 가락에도 후추 냄새라도 지나간 듯 코끝이 매콤해지고 울컥해지는 환절기, 가을과 겨울 그 사이 길에서 내가 조심해야 할 것은 감기가 아니라 눈물인지 모르게, 별스럽지 않게 바라보고 대하던 것들이 눈물이 되는 날이 많다.

초라하고 누추하고 외로움까지도 가려주던 자연이 이제 쉬어야겠다고 휴식기로 들어가겠다는 때, 11월을 가는 모두가 허허벌판에 던져진 의지할 곳 없는 벌거숭이들 같다. 삶은 어차피 혼자 가는 길이라는 것을 다시 느끼게 하는 11월, 넘치도록 몸에 배었는데도 그 쓸쓸함이 쓸쓸해서 나는 종종 길을 잃는다.

11월의 발자국

언제나 처음인 듯 숱한 감탄으로 맞고 보내는 계절이 저물고 있다. 날마다 한 발자국씩 멀어지는 가을을 바라만 보다 11월 어느 날, 떠나가는 날들을 배웅하자고 길을 나섰다.

북쪽으로 갈수록 가을은 더 깊이 저물고 있었다. 나무들은 모두 빈 몸이 되어 초췌한 모습으로 서 있고, 거리는 마른 낙엽들로 고요히 소란스러웠다. 오래된 기억 속의 장소, 산정호수는 거기 그대로 있는데 낯설게 느껴진다. 기억 속에 없던 건물들이 모두를 낯설게 보이게 한다. 참 오랜만이다. 십여 년, 어쩌면 그보다 더 오래되었을 기억을 되짚어 보니 어렴풋이 주변의 풍경들이 되살아난다. 그 시절에 나는 여기 와서 무엇을 보고 갔던 것일까. 주변의 산과 호수, 호수를 감싸고 있는 길이 어우러져 무척 아름다운 풍경이라는 것을 새삼 느낀다. 아름다운 것들은 왜 슬픈가. 그들 앞에서 순수하게 아름답게만 바라보지 못하는 것은 나도 늦가을로 들어선 탓이리라.

아우성치며 떨어지던 물줄기들, 그 폭포수는 지금 없다. 긴 가뭄 때문에 호수가 폭포를 이룰 만한 수량이 되지 않기 때문이라고 한다. 절벽을 이룬 바위들의 오랜 갈증이, 늦가을 햇살에 초췌하게 드러나 있을 뿐이다. 역시 있어야 할 것들은 그 자리에 있어야 한다. 올려다보는 사람 하나도 없는, 서늘하도록 고요하게 멈추어진 폭포 앞에서 존재의 의미와 가치를 다시 생각하게 된다.

호수를 지나 계곡을 옆에 끼고 근처 산을 오른다. 가뭄에도 계곡은 물줄기를 이루고 있었다. 이 물은 호수에 합류해서 산정호수의 이름으로 머물다가, 다른 물길이 열리면 또 어디론가 정처 없이 흘러갈 것이다. 물과 바람과 나는 이렇게 잠시 스쳐 가는 인연들이라 생각하니, 나를 지나가는 바람 한 줄기도 흘러가는 물줄기도 다시 돌아보게 된다.

얼마나 올라왔는지 거대한 억새밭이다. 조금 이른 걸음을 했으면 더욱 좋았겠다는 생각을 하며 아쉬움을 안고 억새 속을 걷는다. 드넓은 산등성이 가득 은빛 꽃들이 펼쳐 놓은 모습은 얼마나 더 화려했을까. 꽃을 거의 보낸 억새들의 몸짓만으로도 저절로 탄성이 나온다. 바람 따라 나긋나긋 흔드는 군무에, 온몸의 세포들도 모두 부드러운 춤사위로 일어나는 것 같다. 무리 지어 있는 것들에게는 쉽게 넘볼 수 없는 힘이 느껴진다. 들녘이나 길섶에서 만나게 되는 몇 줄기의 억새는, 한없이 기다리고 서 있는 가녀린 여인 같고 끊임없이 세파에 시달리며 길을 가는 고된 삶들을 생각하게 했었다. 이렇게 함성처럼 밀려오는 수많은 몸짓들 앞에 서니 오히려 내가 작고 외로운 길손이 된다.

절정의 시절을 지나고 이제 사위어 가는 억새 속을, 또한 힘겹게 오른 그들 생의 우듬지를 내려가는 사람들이 흔들리며 걸어간다. 하루하루 저물녘으로 가는 사람들 모습이 빛을 바랜 억새무리와 어우러져 애틋하다. 모두들 희끗한 억새가 되어 걸어간다. 산마루에서 잠시 펼쳐 놓은 휴식 속으로 맞은편 여러 개의 산봉우리가 아련히 다가온다. 아득한 산 능선들이 멀고 멀어진 길 위의 날들, 다가갈 수 없는 그리움이 되어 문득 목이 메어온다. 왜 이렇게 갈수록 멀어진 날들이 어제 일처럼 밝아지고, 자꾸 돌아봐지는 것일까. 뒤돌아보니 어느새 참 멀리도 와 있다.

다시 계곡을 따라 물소리를 앞세워 내려오는 길, 낮은 마음자세로 바라보게 되니 안쓰럽고 안타까운 것들이 부각된다. 이곳을 찾는 사람들에 의해 유지될 것 같은 낡고 허름한 간판을 걸어 놓은 음식점들, 그들과 함께 그 자리에서 늙어가는 아무렇게나 자란 오래된 나무들이 11월의 풍경 속에서 애잔하게 마음에 들어온다. 이렇게 나서야 새삼스럽게 세상이 보이고 내가 보이고 길이 보인다. 사람들과 나누는 웃음소리도 쓸쓸한 여운으로 마음에 되돌아와 스산하게 얹히는 계절, 배웅하기도 전에 이미 많은 것이 떠나간 11월의 길목도 황량하도록 텅 비었다.

겨울을 걷다

추운 날일수록 살에 닿는 햇빛이 더 따뜻하게 느껴진다. 창문에서 눈부시게 부서지는 겨울 햇살의 유혹으로, 얼굴이 시리도록 차디차서 더욱 상큼한 공원 길 위에 섰다. 날씨 때문인지 드문드문 걸어가는 몇 사람뿐 길은 한산했다. 벌거숭이가 되어 서 있는 나무들 사이로 길 혼자 길을 가고 있는 한겨울 풍경이 마음에서 애틋하다. 고요한 이런 길 위에 서면 가슴이 뛴다. 느긋한 여유를 누리며 걸으면서도 무언가 아쉽고 안타깝다. 어느 시인의 표현처럼 곁에 있어도 그대가 그리운, 그 마음이 되어 공원의 겨울 속으로 들어갔다.

단풍나무 밑이 붉다. 나무가 내려놓은 잎들이 바닥을 빈틈없이 덮어 놓았다. 꽃 떨어진 자리만큼이나 고왔을 아기 단풍잎들이, 앙증맞은 제 모양을 고스란히 유지한 채 그 빛깔을 잃어가고 있다. 아름다운 것들이 지는 과정은 더욱 처절해서 안타깝다. 가을에 만난 그 꽃무릇들도 저렇게 떠나갔을 것이다. 불타는 듯 불갑사를 온통 붉게 물들이고 있던 꽃무릇들의 때늦은 안부를 묻고 싶어진다. 영원한 아름다움을 지닐 수 있는 것들이 있을까. 선홍빛의 소리 없는 간곡한 절규는 어디에도 닿지 못한 채, 그 자리에 처절하게 주저앉았을 그 꽃들이 나무 아래의 단풍잎으로 다시 눈에 선하다.

메타세쿼이아 잎들이 발밑에서 포근하게 밟힌다. 잘게 부서진 것들이 카펫처럼 깔려 있다. 늦가을이 다 지나가도록 잎을 내리지 않는 미련을 보이더니, 흘러가는 시간의 발자국을 외면할 수는 없었나 보다. 올곧게 높이를 세운 듬직하고 바른길만 고집하는 삶을 생각하게 하는 나무, 아무리 혹독한 시련이 닥쳐도 꿋꿋이 자기 삶을 개척해 가는 사람을 닮은 나무이다. 그 아래 서면 의지도 고집도 없이 보이는 길마다 기웃거리고 서성거리느라, 단단한 걸음 내딛지 못하던 내가 보여 한없이 작아진다.

메타세쿼이아 나무의 든든함을 새들도 알았던 것인지 나무 우듬지마다 새 둥지가 보인다. 저 높은 곳에 보금자리를 건설하느라 새들은 몇 번의 고단한 날갯짓을 했을까. 새끼를 낳아 길러 세상으로 내보냈을 빈 둥지가 기다림처럼 허공에 걸려 있다. 그러고 보니 걸음마다 밟히던 새들 소리가 들리지 않는다. 그 많던 새들은 어디에서 이 겨울이 지나가기를 기다리고 있을까.

저렇게 많은 이름들이 있었나 싶도록, 나무 아래 마른 풀들이 조용히 고개 숙이고 서 있다. 봄부터 저기 그 자리에 있었을 것들이 이제 보이는 것이다.

나무들의 몸에 가려서, 나무들의 화려한 가을에 묻혀서 드러낼 수 없던 그들이다. 저들에게도 봄과 여름이 그리고 가을이 다녀갔겠지만, 좋은 시절은 외돌아져서 보내고 저렇게 빛을 바랜 모습으로 존재를 드러내고 있다. 강아지풀, 개망초, 엉겅퀴 내가 아는 이름들만 가만히 중얼거려본다. 나무들의 맨몸에 저렇게 상처가 많다는 것을, 뭉툭하게 잘려진 마디마디들의 통증을 참으며 이파리를 키워 나에게 그늘을 내주었다는 것을, 씩씩하게 한 시절을 지나고 묵묵히 빈 몸이 되어 서 있는 뒤에서 알게 된다.

고요한 오솔길의 침묵을 내 발걸음 소리가 흔들어 놓는다. 살얼음을 깔아 놓은 연못에 많은 마른 연꽃대들이 오래 방치해 놓은 낡은 폐선들을 생각나게 한다. 그 양지바른 한편에 연못으로 돌아앉아 있는 나란한 노부부의 모습과 어우러져, 오래된 흑백 사진을 펼쳐 놓은 것 같다. 구름 하나 없는, 눈이 부시도록 파란 하늘을 배경으로 펼치고 있는 섬세한 곡선들. 나무의 실가지들이 세상으로 향해가는 여린 맨손들 같아 애처롭게 느껴진다. 저 가느다란 실가지들이 어떻게 비바람을 이겨냈는지, 나무가 휘청거릴 만큼의 폭설을 견디며 추운 계절을 나게 될지 지금 새삼스런 눈길로 바라보고 있다.

아스라이 먼 데서 오는 풍경소리 같은, 나무의 끈을 놓지 않고 있는 마른 잎들의 잔잔한 합창에 귀를 모은다. 그 소리를 따라 나긋나긋 가녀린 실가지들이 햇살을 흔들고 있다. 무채색의 조용한 몸짓들이지만 바라볼수록 아름답다. 아름다운 것이 왜 슬픈가. 아름다움이 전하는 것이 물론 슬픔은 아니겠지만, 아름다움 속에 도사리고 있는 슬픔이 이렇게 때때로 나에게 말을 걸어온다.

겨울은 그동안 내가 미처 보지 못하고 지나쳤던 것들이 비로소 보이는 때이다. 꾸밈없는 그 존재 자체를 만나게 되는 시간들이다. 함께했던 모든 것을 아낌없이 버리고, 자연은 또다시 내일을 준비하기 위해 깊은 사색에 몰두해 있는 듯하다. 풍요로움과 화려함이 떠나간 공원의 빈자리마다, 비워졌기에 채워진 애잔한 아름다움이 있다. 무엇을 어떻게 보는가에 따라 같은 길 위에서도 그때마다 다른 감동이 있고 가르침이 있다. 그 때문에 나는 자주 길 위에 서고 지금 겨울을 걷고 있는 것이다.

플라타너스를 위하여

찬바람에 손끝이 시리다. 12월이 되었으니 겨울은 분명 왔는데, 나는 아직도 가을 속에서 나오지 못했나 보다. 길을 걸으면서도 주변의 나무를 자꾸만 살펴보게 된다. 저 나무들은 지난 계절 동안 무척 화려한 옷을 입고 있었다. 차마 밟기 아까울 정도로 고운 잎들이 덮인 도로를 걷던 날이 바로 어제 일 같은데, 나무들은 이제 빈 몸이고 도로는 본래의 모습으로 돌아와 있다. 그 곱던 잎들은 모두 어디로 가버린 것일까. 길이 삭막해지니 햇빛을 골라 밟고 싶다. 높은 건물들이 있는 골목에서 햇빛 한 줌은 말 그대로 빛이다. 잠깐 환해지는 영역으로 들어서는 길가에 토막 난 나무들이 쌓여 있다. 나무토막들은 아직도 푸른 나뭇잎을 달고 있다. 잘려진 플라타너스였다.

저쪽 길 끝까지 가로수가 플라타너스다. 이제 타성에 젖어 그들도 순하게 받아들이고 있는 것일까. 올려다보니 모두 뭉툭하게 잘린 채 빈 몸이 되어 서 있다. 왜 자르는 것일까 궁금해하던 물음에서, 이제 왜 가로수가 그 나무여야 했느냐고 묻고 싶어진다. 해마다 저렇게 성장을 방해할 것이었으면 잘못된 선택인 것이다. 더구나 이곳은 이십여 년 전 탄생한 신도시이니 예전부터 그 나무가 어떤 대우를 받았는지 염두에 두었어야 할 일이었다. 이젠 오히려 나뭇가지 전부를 온전히 지니고, 하늘 높이 솟은 플라타너스를 보면 낯설고 신기하기만 하다.

아, 저렇게 우람하고 기품 있게 자랄 수 있는 나무였다고 감탄에 감탄을 거듭했었다. 하나같이 눈길을 끄는 명품이었다. 하늘 높이 올라간 나뭇가지들, 무성하게 달고 있는 넓은 잎새들로 나무들의 품은 넉넉해 보였고 나무들은 당당해 보였다. 프랑스 남부의 작은 도시의 그 길고 긴 가로수 길을 천천히 지나며 우리나라에서 살고 있는 그 나무들을 생각했었다. 늠름하고 우람한 나무들은 마치 그 지방을 지키는 튼튼한 파수꾼들 같았다. 사람도 마찬가지 이겠지만 어느 환경 속에서 살고 있는가에 따라, 사는 모습이 그렇게 확연한 차이가 나는 것이었다.

저렇게 흉물스럽게 서 있어야 하는 나무를 보며 사람들은 어떤 생각을 하게 될까. 어쩌면 거기 그렇게 서 있는 것도 모르고 지나가는 사람들도 있을 것이다. 더러는 그 모습을 안쓰럽게 느낀다고 해도 시간이 흐르고 나면 곧 그 존재조차도 잊게 될 것이다. 나도 지금 그 나무 아래를 지나고 있으므로 이런 안타까움을 이야기하지만, 멀어지면 또 잊고 지내게 될 것 같다. 자연보호라는 말을 흔히 듣게 되는데, 왜 저 나무들은 보호를 받지 못하는 것인지 모를 일이다.

오래전부터 거듭되어 온 일이지만 담담하게 바라볼 수는 없어, 플라타너스를 바라보면 내 몸 어느 곳 흉터자리가 다시 쑤시듯 마음이 아릿해 온다. 방어할 수 없는 막강한 힘이 한 사람의 삶을 늘 간섭한다면, 그 삶이 온전하게 존재할 수 있을까. 어쩔 수 없어 살아간다고 해도 고통 속의 날들일 것이다.

사람들이 잊고 사는 동안 나무는 살아내기 위해, 얼마나 절박한 몸부림을 또 해야 할까. 저 모습으로 추운 겨울을 보내고 다시 봄이 오면, 뭉툭하게 잘린 나뭇가지에 언제나처럼 부지런히 새순을 만들 것이다. 아무 일도 없었다는 듯이 그래도 괜찮다는 듯이, 이파리를 푸르게 키워 상처를 덮으며 각박한 인심과 세상에 싱싱한 초록을 넉넉히 보태주려 할 것이다.

이 골목을 다 지나가도록 상처투성이의 나무들과 걸어야 한다. 저 나무들은 제 그림자를 내려다보며 무슨 생각을 하고 있을까. 큼직한 상처들을 드러낸 몸으로 사람들의 거리에 서 있는 나무들, 저 나무들도 얼마나 하늘 높이에 닿고 싶을지, 풍성한 가지들을 거느리고 의젓한 자세로 자신 있게 세상을 살아가고 싶을지를 생각하며, 나무를 올려다보니 오소소 내 몸이 시리다.

설경의 아침

눈부신 아침이다. 하늘과 땅의 경계가 무너지고, 모두 흰빛으로 하나가 된 고요한 설국이 건설되었다. 눈이 내리는 원리를 아무리 설명한다 해도, 나에게 눈은 여전히 신기하고 신비스런 존재다. 가느다란 나뭇가지 하나하나마다 어떻게 저렇게 섬세하도록 눈을 얹어 놓을 수 있는지, 새삼스럽게 자연의 신비를 생각하게 된다. 집안을 두루 돌아다니며, 그림처럼 창에 들어온 풍경을 한참을 바라보며 감탄사를 연발했다. 우아하게 팔 벌리고 서서 금방이라도 춤사위를 펼칠 것 같은 나무들을 대하니, 나도 저 설국 속의 하나가 되고 싶어졌다.

작은 소음 하나도 이 고요에 누가 될까 현관문을 조용히 밀고 나가니, 뜰 한편에 고양이 두 마리가 먼저 와 있다. 어디에서 밤을 보내고 오는지, 이른 아침마다 나의 하루를 깨우며 제집처럼 드나드는 길 고양이들이다. 그들에게 사료를 주고 마당으로 내려가니, 군데군데 보폭이 큰 발자국과 배설물이 보인다. 먹을 것이 없는 집 주변을 고라니가 또 다녀갔는가 보다. 요즘 거의 매일 아침 먼 발치에서 보게 되는데, 인기척만 내도 도망가기에 바쁘다. 그들이 허기를 채울 만한 것이 없는데도 꾸준히 마을로 내려오니, 저 산 속은 지금 얼마나 빈곤한 것일까. 늘 헛걸음만 하고 돌아가는 고라니가 가엾어, 냉동해 두었던 삶은 옥수수 몇 개를 가져 와서 마당가에 두었다.

마을의 텃밭마다 울타리처럼 막아 놓은 초록 비닐막이, 하얀 눈밭에서 두드러지게 선명한 빛을 낸다. 고라니로 인한 피해를 입지 않은 나는 그 비닐막들이 풍경을 해친다고, 못마땅한 시선으로 바라보았었다. 그러다 처음으로 내 꽃밭에 튤립의 구근을 묻어 놓고, 기다리던 새싹이 손가락 길이만큼 일어난 지난해 이른 봄날이었다. 반가운 인사를 나눈 며칠 뒤에 튤립의 새싹이 사라졌었다. 그게 고라니 짓이라는 것을 알고 분개하면서, 이웃들의 텃밭마다 비닐로 울타리를 만들어 놓아야 하는 그 마음을 이해할 수 있었다. 한동안 보이지 않더니 겨울이 되면서 다시 그들의 마을 출입이 시작된 것이다. 그들도 생존을 위한 행위이니 어쩔 수 없는 일이지 싶다. 마당이며 텃밭에 겨울 동안이라도 먹이를 놓아주고 싶은, 아마 이런 내 생각을 이웃들이 알게 된다면 나는 이 마을에서 추방될지도 모르겠다.

마당비를 들었다. 출입문 쪽으로 최소한의 길을 낸다. 아침의 고요를 싸스락 싸스락 비질 소리가 부수고 있다. 빗자루가 지나간 자국이 가지런한 길이 된다. 마음에도 비질이 되어 헝클어진 마음이 정돈되는 느낌이다. 그때 그 사람도 이런 마음이었을 것이라고, 비질을 할 때마다 생각나는 오래전 여인을 기억에서 또 불러낸다.

언제나 하얀 긴치마를 입었던 여인, 한 칸 방에 세를 들어 드나들던 대학생 눈에 무표정한 그 여인의 비질이 자주 눈에 띄었다. 단정한 차림으로 말없이 좁은 흙마당을 정갈하게 쓸고 있는 모습이 젊은 내 눈에도 쓸쓸하게 다가왔었다. 혼자 산다는 것 외에 아는 것이 없던 그 중년의 여인. 그가 쓸고 있던 것이 마당만은 아니었다는 것을, 그 여인의 나이를 훨씬 넘고 나서야 알게 되었다. 나도 가을이면 낙엽을 쓸고 눈 위에 길을 내기 위해 눈을 쓸고, 쓸쓸함을 밀어내기 위해서 비질을 한다. 비가 지나간 선명한 자국만큼, 마음도 정돈된 듯한 그 느낌이 좋아서 때때로 마당비를 든다.

내 비질이 멎으니 마을이 다시 고요하다. 햇살이 퍼지면 빗자루가 지나간 자국도 이 설국도 사라질 것이다. 나무들의 화려한 변신 앞에서 민낯의 내가 오늘은 더 초라해진다. 그가 사는 마을에도 눈이 내려 차 한 잔으로 감상하고 있을 풍경을, 내 앞에만 펼쳐진 절경인 듯 호들갑스럽게 알리던 때도 있었다. 이젠 그저 말없이 바라보며 혼자 느낄 뿐이다. 해가 갈수록 포기하고 생략하는 것도 많아지며, 이렇게 관망하는 자세에 서서히 길들여지고 있다. 익숙한 것들에게 낯선 아름다움을 입혀 놓는 눈이라는 선물이 없다면, 추위를 유독 싫어하는 나에게 겨울은 건너뛰고 싶은 계절이다. 낮 하늘이 침울하면 눈이 오려나 넌지시 기대를 걸어 보던 12월, 그 어느 아침의 하얀 풍경이 눈부시도록 아름답다.

산타의 선물

기다리던 눈은 내리지 않고 붉게 떠오른 둥근 달이 밝히는 밤
이다. 해가 갈수록 더욱 차분하고 조용해지는 연말 분위기이다. 거리에 나서
도 여기저기에서 경쟁하듯 들려오던 음악들도 없다. 날짜를 헤아리며 기다
리는 누군가 없다면 모르고 지날 수도 있을 것 같다. 성탄전야다. 꼬마들이
가족으로 등장하면서 산타의 선물을 기대하는 그들 때문에, 요즘 들어 새삼
스럽게 다시 챙기는 크리스마스가 되었다.

누가 착한 아이인지 나쁜 아이인지, 산타 할아버지는 알고 계신다는 노래
를 아이는 종일 입에 달고 지냈다. 자기는 착한 아이였느냐고 번번이 제 엄마
에게 제 생활 성적을 물었다. 말 잘 듣고 동생과 잘 놀아주는 아주 착한 아이
였다는 말에 안심하고, 4살짜리 손녀는 기대에 부풀어 잠자리에 들었다.

집안은 조용해지고 높이 떠오른 만삭의 달과 한참을 눈 맞추고 서 있다 돌아서니, 거실에 양말 두 짝이 나란히 놓여 있다. 손녀가 이제 막 돌이 지난 제 동생의 것까지 챙겨 놓은 것이다. 산타 할아버지가 양말 속에 선물을 두고 간다며, 두 팔을 벌린 만큼의 무척 커다란 양말을 준비한다고 했었다. 내 손바닥보다도 작은 양말 두 짝을 나란히 펼쳐 놓은 아이의 순수함에 빙그레 웃음이 돈다. 얼마나 많은 기대와 설렘이 담긴 양말일까. 오래전에 잊혀진 정경인데 아이들로 인하여 다시 마주하게 되니 마음이 따뜻해진다. 가족들이 아이를 위해 준비한 선물을 곱게 포장해서 양말 옆에 쌓아 두었다. 아이는 지금 무슨 꿈을 꾸고 있을까. 산타를 미리 만나고 있는지도 모르겠다.

요즘 한창 공주가 되고 싶어 겨울 왕국의 엘사로 불러 달라는 4살이다. 천진스런 시간이 아이에게 오래 머물러 있었으면 좋겠지만 어찌 가능할 수 있겠는가. 아이는 지금 저 곤한 잠 속에서도 빠르게 성장하고 있을 것이고, 산타도 절대적인 선도 없다는 것을 알아갈 수밖에 없다. 우리 모두에게도 그런 시절이 있었듯이, 우리 모두도 그렇게 세상을 실망하며 배워 갔듯이, 아이들도 누구의 가르침 없이 스스로 터득해 나갈 일들이다. 그리하여 먼 어느 날 저 꼬마를 이해관계에 따라 마음이 한편으로 기울기도 하고, 도덕과 관습에 길들어야 하는 숙녀로 만들어 놓을 것이다.

아이는 내일 아침 저 쌓여 있는 선물 앞에서 얼마나 즐거워할까. 착한 아이였으니까 선물을 많이 받을 것이라고 굳게 믿던 천진스런 아이, 오래오래 산타의 존재를 믿으며 밝고 건강하고 착한 아이로 자랐으면 좋겠다. 아이에게 산타가 존재하는 한 우리에게도 산타는 있어야 한다. 아이의 유한한 믿음에 동참하며 우리들의 산타를, 산타를 기다리는 아이의 날들을 응원할 것이다.

　모두 잠든 밤, 좀처럼 오지 않는 잠을 일으켜 창에 기대 놓았다. 성탄 분위기에 마음 들뜨던 청춘의 그날이 달빛으로 다시 환해진다. 이유도 없이 즐거워하고 넉넉해지고 웃음이 많던, 그것이 젊은 나에게 내린 산타의 선물이 아니었을까. 옛날이 되어버린 그 시절을 저 멀리에 두고, 하루하루 나는 어디를 향해 바쁘게 가고 있는 것일까. 단발머리 그녀는 잘 있느냐고 허공에 묻는 안부에, 성탄절로 가는 창밖의 깊은 밤이 크게 출렁인다.

강물

시외를 달리는 자동차 안에서 바라보는 겨울은 화창하다. 창문을 열면 따끈한 햇살이 만져질 것 같다. 하지만 며칠째 이어진 한파는 모든 것들을 꽁꽁 얼려 놓았다. 출렁출렁 뒤척거리며 햇살을 버무리며, 유유히 흘러가던 남한강 줄기도 하얗게 얼음으로 덮여 있다. 내가 하루를 외면하고 움츠려 있어도 시간은 흘러가듯이, 흐름을 멈출 수 없는 강물은 저 얼음 밑에서 꾸준히 길을 가고 있을 것이다. 강을 만나면 물결처럼 밀려오는 아련한 그리움이 있다. 얼마 전부터 생각만으로도 설레는 강 이름 하나 가슴에 품고 산다.

오래 앓고 있는 후유증이다. 그곳에서 돌아온 지 여섯 달이 지나갔는데도, 나는 아직도 그 낯선 곳에서 부지런한 걸음을 하고 있다. 숨이 가쁘도록 빠른 걸음으로 조금만 더 가자는 말을 속으로 외치며 협곡 사이의 길을 걷고 있는 내가 보인다. 구불구불한 길을 따라 흘러가는 강줄기 때문이었다. 이야기처럼 손짓처럼 나를 이끌어가던 물줄기에 나는 마법처럼 끌렸다. 맑은 물길 밑이 환하게 드러나는 폭이 좁은 강줄기는, 협곡을 끼고 아름다운 곡선을 만들며 흘러가고 있었다.

강물의 속삭임은 유혹이었다. 그 흐름을 따라 끝없이 가고 싶었다. 강폭이 넓고 속을 알 수 없는 깊이었다면, 나는 분명 그 물길이 두려워 서둘러 돌아섰을 것이다. 강의 이름을 가진 것이 맞느냐고 되묻고 싶은 그 강물은, 발을 담그고 싶을 만큼 맑은 조약돌들을 드러내며 온화한 표정으로 흐르고 있었다. 책가방을 들고 오가던 길목에서, 청소년기를 함께 흘러가던 그 물길을 닮았기 때문에 더욱 애착이 갔는지도 모르겠다. 제한된 시간이었기에, 어디쯤에선가 스스로 출발지점으로 돌아갈 반환점을 만들어야 했다. 그런 구속을 따라야 하는 것이 싫어 나는 주로 자유여행을 하는 편이다. 미국의 곳곳에 흩어져 사는 남편의 오랜 인연들과의 만남을 계기로 기획된 여정에 함께한 것이기에, 한정된 시간과 공간을 벗어날 수는 없는 일이었다. 아름다운 강물과의 짧은 동행에 한 발자국이라도 더 함께하려고, 내 생에 몇 되지 않는 빠른 걸음을 놓았었다. 아름다운 강물, 아름다운 길, 아름다운 자연에 내가 보낸 찬사의 끝은 아쉬움과 서글픔이었다. 어쩔 도리가 없어 그 협곡을 되돌아 나올 때, 뜨겁던 인연과의 이별처럼 쉽게 돌아설 수가 없었다. 너무 먼 길이기에 다시 오겠다는 약속은 차마 하지 못하고, 돌아보고 또 돌아보는 발길은 무겁기만 했다.

눈을 감으면 지금도 환하게 그려지는 풍경이다. 물결 따라 부서지는 햇살을 싣고 유유히 조곤조곤 속삭이며 길을 가는 물줄기, 어디로 가느냐고 보채듯 자주 강물에 눈길을 주며 바쁜 마음으로 흐름을 따라 걷고 있는 나, 끊임없이 이어지는 숱한 발길들 속을 헤치며, 조금이라도 더 따르겠다고 달리듯 걷고 있는 내가 보인다.

지금도 누군가 꿈을 꾸듯 걸으며, 맑고 고요한 물의 흐름을 따르고 있을 것이다. 자이언캐년의 신비한 그 협곡 사이를 더 신비스럽게 흘러가고 있던 버진리버, 오래전부터 익숙한 이름이지만 아득하고도 아득한 너무도 먼 콜로라도강의 한 지류라고 했다. 기억할 수 있다는 것은 얼마나 대단하고 고마운 일인지를 새삼 느끼곤 한다. 굽이굽이 그 물길이 선명하게 그려지고, 걸음마다 조곤조곤 이야기를 놓던 물의 소리가 들리는 듯하다.

이제 서두르지 않고 느긋하게 기억 속의 풍경을 펼쳐 놓고 걷고 또 걸어 보려 한다. 그곳에서 스쳤던 많은 사람들처럼 여유 있는 걸음으로, 그곳의 분위기를 다시 느껴야겠다. 그 강물과의 만남은, 이국의 국립공원이며 크고 작은 정원에서 만난 웅장하고 화려한 멋과는 다른 감동이었다. 가슴으로 흘러들어와 고요히 나를 매료시켜 놓은 아름다움이었다. 그 속에서 아직 완전히 돌아오지 못한 나는, 차창 너머로 저 얼어붙은 강줄기를 보면서 지금도 그 이름을 그 수려한 흐름을 생각하고 있다.

고성을 가다

바다는 종일 작은 물결을 만들며 제자리걸음이다. 흘러가는 배 한 척도 없이 하늘과 맞닿아 있어 허공처럼 느껴진다. 그런 내 생각을 수정하려는 듯 물새가 날아오른다. 그것도 셀 수 없을 만큼의 무리다. 모래펄에 몽글몽글하게 모여 있는 것들을 몽돌들이라 여기며 시선으로 건너다닌 것들이 저 물새들, 괭이갈매기들이었다. 날갯짓이 화려하고 우아해서 비명 같은 감탄사를 연발할 뿐, 그들의 아름다운 비상을 어떤 말로도 표현할 수가 없다. 이럴 때 내가 할 수 있는 것은 침묵이다. 가슴으로 느끼며 그저 말없이 바라보는 일이다.

가로수 아래 노란 꽃다지가 이곳에도 봄소식을 들고 왔지만, 아직 떠나가지 못한 계절이 때때로 시린 바람을 몰고 다니고 있었다. 드문드문 낮은 지붕 아래 사람들이 터전을 이루고 살아가고 있지만 자동차도 사람도 거의 만날 수가 없었다. 그 때문에 주변을 산책하는 인적 하나 없는 바닷가는 적막했다. 여름철이나 되어야 찾아오는 여행자들이 있을 뿐, 요즘은 거의 방문객이 없다고 했다. 이 지방이 위치하고 있는 지역적 이유 때문인지도 모르겠다. 이곳에 생업을 펼쳐 놓은 사람들의 고충이 느껴졌다. 비수기철이라 손님이 거의 없다는 숙소, 자주 드나들기가 미안하도록 일없이 앉아 있는 프론트의 직원은 무료해 보였다.

숙소 주변의 바닷가를 걸으니 막 피어난 작은 풀꽃들이, 바닷바람에 하염없이 흔들리고 있었다. 파도 소리에 젖고 바닷바람에 시달리며 봄을 힘겹게 시작하고 있었다. 어렵게 피어났을 그 봄꽃들을 보아주는 사람들이 얼마나 있을까. 성수기라는 여름철이나 되어야 사람들의 발길이 닿는다는데, 그때 되면 꽃들은 가고 없을 거라고 이런저런 생각에 바닷가를 걷는 마음이 쓸쓸했다. 어릴 적 캄캄한 길목을 비추며 우리에게 다가오던 그 불빛을 생각나게 하는 숙소 맞은편의 등대는, 결국 나를 그 언덕 위로 불러들여 오래전의 일들을 선명하게 밝혀주기도 했다.

학교에서 집으로 돌아가는 초등학교 고학년의 늦은 밤길은, 캄캄한 어둠이 지배하고 있었다. 낮에는 그리도 평화롭고 아늑하던 숲 사이의 오솔길이, 밤이면 무서운 무엇인가 점령하고 있는 것 같아 팽팽한 긴장감을 안고 어둠을 헤쳐야 했었다. 가슴 조이며 한참을 걷다 보면 저만치 앞에서 흔들리며 다가오던 붉은 빛, 그 불빛을 보는 순간 우리는 막막한 공포감에서 벗어날 수 있었다. 우리를 마중 나온 가족들의 등불이었다. 모든 두려움을 달아나게 해주던 그 등불은, 그 시절 우리들의 밤길에서 유일한 등대였다. 그런 기억 때문인지 등대만 보면 그 밤의 불빛이 생각나고, 한 발 더 가까이 그 추억 같은 등대에 다가서고 싶은 것이다.

옛 생각에 한없이 느려진 걸음 옆에서, 해변의 출입을 막는 철조망이 '이곳에서는 조금 긴장하셔도 됩니다' 라고 말하는 듯했다. 하지만 철썩철썩 밀려왔다 되돌아가기를 반복하는 파도와, 수시로 날아와 멋진 군무를 펼치는 새들의 무대를 감상하는 길손의 감성을 건드리지는 못했다. 바다를 마주하고 있는 낮은 주택들과 인적없는 거리, 그리고 녹이 슨 철조망, 왠지 애잔해지는 풍경에 마치 실향민이라도 된 듯 서글퍼지기도 했다. 바다 저편을 향해 온몸으로 그리움을 쓰고 있는 풀꽃들이, 어쩌면 이곳에 정착해서 고향을 생각하며 살아가는 사람들의 모습은 아니었을까. 사람 사는 마을에서 사람이 그리워지는 그런 시간 속을 걸으며, 낯익으면서도 어딘가 낯설다는 마음을 떨칠수가 없었다.

한반도 최북단이라는 것을 의식한 것도 아닌데, 왜 그동안 나는 이곳을 한번도 다녀가지 않았는지 모르겠다. 이렇게 고즈넉하고 아름다운 풍경을 두고, 왜 항상 먼 곳에만 마음을 두었을까. 멀리까지 집을 나서 우리의 것이 아닌 낯선 것들에게 눈길을 주고, 우리 것들보다 더 많은 관심을 기울여 왔었다. 같은 꽃이라도, 이국의 길목에서 만난 꽃들에게 더 많은 호응과 감탄사를 남발했음을 고백한다. 내 나라 안의 아름다움을 진정 마음으로 느끼게 되니 이제야 어른이 되었나 보다.

　맑고 푸른 바다와, 그 주변으로 늠름한 금강송들이 이룬 울창한 숲이 그림을 보는 듯하다. 프론트 직원이 건네준 관광안내서에 여러 명소들도 나열되어 있지만, 숙소에서 내려다보는 맑은 물빛과 수시로 감탄사를 연발하게 하는 물새들의 군무를 감상하는 것만으로도, 이곳을 찾은 보람을 충분하게 느끼고 있다. 늦어도 너무 늦은 방문을 미안해하면서, 고요한 아름다움을 느긋하게 포식하고 있다.

또다시 돌아온 계절

차 한 잔을 놓고 바라보는 창밖이 눈부시다. 막 꽃문을 활짝 열어놓은 벚꽃의 소담한 꽃타래는 보고 또 봐도 지루하지 않다. 추위가 모두 끝난 듯하더니 냉혹하게 표정을 바꾸는 날씨 때문에 두꺼운 겉옷을 벗었다 입기를 수차례, 그렇게 힘겹게 한 계절이 다시 왔다. 새하얀 벚꽃 잎에 눈 맞추고 있는데, 참새 한 마리가 나무로 날아들더니 부리로 꽃잎을 딴다. 마치 아름다운 것들에게 시샘이라도 하는 것처럼, 그냥 바라보기도 아까운 것들을 한 잎씩 따내리고 있다. 하루가 다르게 변하는 풍경이다. 창밖으로 시선을 둘 때 마주치는 초록들이 문득 그림을 대하는 것 같기도 하다. 한자리에 가만히 있지 못하고 자꾸 일어나 서성거리게 하는, 무언지 모르게 몸과 마음을 분주하게 만드는 다시 또 봄이다.

며칠 전만 해도 무채색으로 침침하게 서 있던 것들의 변화가 바라볼수록 신비스럽다. 창문까지 바싹 다가와 문을 여닫을 때마다 스치는, 감나무의 작은 나뭇가지들이 겨우내 거추장스러웠다. 창문을 열게 될 때마다 잘라 내야겠다고 생각하며 미루었는데, 그 구박받던 가지에 쌀알 크기만 한 새싹들이 나와 있다. 연둣빛의 그 소식을 대하니 문득 미안해진다. 내 생각을 읽었다면 감나무는 그동안 얼마나 불안한 날들이었을까. 맨몸의 초라한 모습으로 겨울을 살면서, 이 봄을 기다리고 기다리는 먼 길이었을 것이다.

아, 너도 거기 있었구나 하고 새삼스럽게 바라보게 되는 때가 봄길이다. 화려하게 꽃을 피우는 나무와 탐스러운 열매를 맺어 사람들의 눈길을 끌던 나무들에 가려, 한 번도 불려지지 않던 이름들도 연두색의 작은 이파리를 만들고 존재를 드러내고 있다. 오래전부터 그곳에 서 있었던 나무이다. 꽃나무들 위주로 가꾸느라 늘어진 곁가지를 뭉툭뭉툭 잘라내서, 곳곳이 흉터투성이의 몸으로 다시 봄길에 서 있다. 험난한 과정을 겪으면서도 봄이 왔다고 새로운 삶을 또 펼치고 있다. 연둣빛 이파리가 간절한 소망을 키우는 것 같아, 올해는 각별히 관심을 기울여주고 싶다. 훌륭한 조연이 있어 빛나는 주인공이 만들어지듯, 저렇게 두드러지지 않으면서 함께해주기에 숲이 아름다운 것임을 이렇게 가끔 잊고 산다.

사람과 사람 사이에 쌓여진 담장이 가장 낮아지는 계절이다. 바깥 세상을 엿보기라도 하듯 뾰족이 내민 새싹들과 수줍게 맺어 놓은 꽃망울과, 막 열어 놓은 꽃송이들을 보며 낯선 사람들과도 잠시 스스럼없이 소통하게도 된다. 겨울 동안의 그늘을 벗겨 내자고 집집마다 정원의 나무들이 서둘러 꽃을 피우기 시작했다. 꼭꼭 걸어 잠근 것 같던 울타리 안의 마음들도, 경계 허물며 지나가는 길손을 위해 주변을 화사하게 장식하고 있다. 대문이며 마음까지 활짝 열어두게 하는 봄이라는 계절은, 누구에게나 한 해의 선물처럼 온다.

덩달아 나도 몸과 마음이 분주해진다. 남의 집 정원을 허락도 없이 담장 밖에서 넘겨다보다가, 그 집에 내가 알지 못하는 꽃이 있으면 이름을 물어보고 그 꽃을 찾아 화원을 들락거린다. 꽃과 풀 사이의 경계를 그어 놓고 파수꾼 노릇을 해야 하고, 꽃밭에 무단 침입하는 풀을 수시로 제거하는 일이며, 쉴 틈이 없는 하루가 되기도 한다.

잊을 것은 잊고 보낼 것은 미련없이 보내고 다시 시작하라고, 자연에게 또 한 번의 기회를 주는 계절, 이때가 되면 깊이 침체되어 있던 내 일상에도 활기가 돈다. 마른 몸으로 서 있던 나무들이 새싹을 밀어내듯, 침잠했던 내 일상에도 반짝 빛이 든다. 봄이라는 계절이 있어 나는 해마다 다시 깨어날 수 있는 건지 모른다. 겨우내 닫혔던 창문을 활짝 열고 창 앞의 나무들과의 소통으로 또다시 시작하는 하루, 매일이 봄날만 같았으면 하지만 그것은 안될 말이지 싶다. 아마 날마다 봄이라면 식상해져서 이런 설렘과 반짝이는 흥분은 없을 것이다. 봄은 이렇게 긴 겨울이 지나고 한 해를 거치느라 지치고 시들해진 즈음에, 다시 시작하자고 만물을 깨우며 와야 한다. 긴 가뭄 뒤에 내리는 비가 단비가 되듯이. 봄은 어둔 장막을 헤치고 반짝 빛살을 비추며 와서 반갑게 맞게 되는 것이다. 그래, 겨우내 음울했던 내 마음에도 등불 환히 밝혀 놓고 나도 다시 봄 길로 나서자.

연말의 묵상

어제 내린 비가 하늘의 우울을 씻어 내리지 못했나 보다. 잔뜩 흐린 채로 아침이 열렸다. 비가 그친 뒤는 추운 날씨가 될 것이라는 예보도 어긋났는지, 창문을 열어도 밀려 들어오는 바람에 찬 기운이 느껴지지 않는다. 겨울이 이렇게 춥지 않아도 괜찮은 것인지, 추위를 많이 타서 겨울이 싫은 나도 12월의 포근한 날씨가 은근히 염려가 된다. 12월도 거의 막바지에 와 있다. 이때쯤이면 언제나 지나온 시간들을 돌아보게 된다.

내가 넘겨 놓은 달력이다. 나의 하루하루를 확인시켜주던 달력이 한낱 쓰레기로 버려질 때면, 영원히 다시 돌아올 수 없는 날들이란 것을 절실하게 느끼게 된다. 저 숱한 날들을 보내면서 나는 어떤 생각을 했을까. 지루한 겨울의 차디찬 날씨에서도 한 줄기 포근한 바람을 서둘러 느끼면서, 다가올 봄날을 기대했을 것이다. 또 흐드러진 꽃들과의 만남을 즐기면서 짧은 봄을 안타까워했을 것이다. 시드는 봄꽃들 곁에서 함께 시들해하다가 녹음으로 푸르러지는 숲으로 위안을 받았을 것이다. 녹음이 서글프게 사위어 가면 애기단풍으로 화려한 어느 숲길과의 약속을 기억하며 서둘러 새 계절을 맞을 준비를 했을 것이다. 그렇게 계절을 맞고 보내온 내 발자국은 흔적도 없는데, 내가 걸어온 하루하루는 아직 달력 속에 살아 있다. 기다리는 일 없이도 때로는 지루했던 길목의 시간들, 안타까워 뒤돌아보고 또 돌아보며 한참을 멈추어 있어야 했던 그 어두웠던 시간들, 지나온 내 한 해의 역사를 모두 기억하고 있을 것 같은 숫자들이다. 이제 그날들을 보내야 한다.

한 해의 끝 무렵이면 시끌시끌하던 거리가 언제부턴가 조용해졌다. 이때쯤이면 거리가 소란스럽도록 넘쳐흐르던 캐럴도 들리지 않는다. 어디에도 연말을 알리는 큰 목소리가 없다. 간혹 카페나 레스토랑 앞의 꼬마전구를 밝혀놓은 장식물이, 나지막하게 성탄축일이 다가왔음을 느끼게 할 뿐이다. 위축된 경제상황도 영향이겠지만, 한 해를 마무리하는 사람들의 인식이 많이 변화된 때문이 아닐까 생각된다. 내가 보고 느끼는 것이 전부는 아니겠지만 거리의 사람들 모습도 차분해 보인다.

해가 갈수록 한 해의 끝에서 커지는 것은, 새해에 대한 기대감보다 아쉬움이다. 아무리 완벽하게 하루하루를 살았다고 해도, 지나간 것은 지나갔기에 아쉬운 것이다. 하지만 아쉬운 마음에만 머물 수 없어 훌훌 털고 내일을 향해 돌아서야 한다. 오늘 같은 내일은 없다고 우리는 과거와 미래를 사는 것이 아니고 오늘을 사는 것이라고, 내가 늘 주문처럼 되뇌는 그 말을 앞세워, 지금의 시간에 충실하자고 스스로를 다그치게 된다.

잎을 모두 내린 겨울나무 아래 서 본다. 나무는 깊은 상념에라도 잠긴 듯하다. 지나온 날들의 자취를 돌아보고 있는 것은 아닐까. 새잎을 만들고 풍요로운 녹음으로 푸르른 시절을 맞이하고 절정의 계절을 지난 다음, 나뭇잎들을 떠나보내기까지의 숱한 날들을 되새겨보고 있는 것 같다. 지금의 저 무거운 침묵은 한 해를 살아온 과정을 돌아보는 일이며, 또 다른 내일을 위한 다짐의 시간일 것이다. 비에 젖고 폭풍에 시달리고 타의에 의해 찢기고 부러지는 고통의 날들도 있었지만, 그 또한 삶의 한 부분이었고 살아가는 과정이었으며 그것들을 견디었기에 지금 이 겨울을 살고 있다는 것을 돌아보고 있을 것 같다. 맨몸으로 겨울을 가면서 또다시 돌아올 봄을 기다리는 겨울나무, 그 고요한 침묵의 자세를 닮고 싶다.

끝이면서도 다시 시작을 준비하는 한 해의 저물녘이다. 흐린 하늘로 아침이 열리는 날은 눈이 오려나 기다려보게 되는 아직은 겨울, 한 해의 *끄트*머리에서 또 다른 시작의 날들을, 그리고 새로운 계절을 생각하며 기다리고 싶다.

송미정 수필집

가끔은 나도 흔들리고 싶다

03

외로운 방황

반덧불이를 보았다. 처음 그 빛을 보았을 때 미처
거두어가지 못한 햇살 조각인 줄 알았다

기억 하나의 방황

햇살이 얹힌 손등이 따뜻하다. 어느 집 울타리에 새봄이 노랗게 영춘화로 피었다. 가던 길 멈추고 꽃잎에 눈 맞추고 있다. 이렇게 해마다 청춘으로 피어나는 꽃들 앞에 서면 나이만 늘어가는 삶이 더없이 초라하고 나약한 존재처럼 느껴진다. 가벼워진 옷깃을 흔드는 바람으로 문득 아지랑이가 그리워진다. 오래 잊고 있던 낱말이, 저 가슴 밑바닥에 자리하고 있던 이름들이 새봄에 일어나는 새싹들처럼 문득문득 생각나는 날이 있다.

어느 날부터 갑자기 집을 나온 오랜 기억 하나가 방황하고 있다. 아이를 맡아 돌봐줄 사람이 없어 다니던 직장을 어쩔 수 없이 그만두어야 하는, 직장 여성들의 고충에 관한 기사를 공감하며 조간신문에서 읽고 난 후 봄볕이 완연한 길을 걷던 어느 날이다. 저만큼 앞에서 걸어가는 여인의 낯익은 뒷모습에 걸음이 빨라졌다. 긴 생머리를 찰랑찰랑 흔들며 걷는 그 여인을 뒤쫓아 가다, 돌부리에 걸리듯 허둥대던 걸음을 덜컥 잡는 생각에 멈추어 섰다. 내가 무슨 생각을 하고 있는 것일까. 그녀와 닮았다는, 아니 그녀인지도 모른다는 어리석은 착각을 깨우치게 한 것은 삼십여 년이라는 길고도 긴 세월이었다.

느려진 걸음을 건물 유리창 앞에 세워 놓고 나를 바라보았다. 거부하고 싶던 할머니라는 호칭에도 이젠 스스럼없이 돌아볼 수 있으면서, 왜 가끔 이렇게 잊고 사는 건지 모르겠다. 내가 이만큼 멀리에 와 있듯이, 그녀도 세월의 긴 강을 거스를 수 없었을 일이다. 물방개 한 마리가 어지럽혀 놓은 샘물처럼 한동안 마음이 출렁거렸다.

막 서른 잔치에 합류했을 무렵, 그때 나는 무엇을 그토록 힘겨워했을까. 전업주부를 원하지 않았던 나는 아이를 돌봐줄 사람이 없어 탄탄한 직장을 그만두어야 했다. 언젠가는 꼭 다시 직장으로 돌아가겠다는 가느다란 희망의 끈을 잡고, 초보 주부가 되고 엄마가 되고 누군가의 아내 그리고 며느리라는 위치는 잠시 빌려 앉은 자리만 같았다. 그 현실에 적응하지 못하고 마음이 헤맬 때, 안부를 물어오는 그녀에게 하소연을 했었다. 항복이라는 깃발을 들고 되돌아갈 용기도 없으면서 다시 예전의 내 자리로 돌아가고 싶다고, 너무 힘들다고 아마 눈물도 보였을 것이다. 결혼 선배 입장에서 그녀는 나를 오래도록 들어 주었다. 다들 그렇게 시작했을 거라고 누구나 처음 접하는 세계이기에 서툰 것이라고, 따뜻한 말로 나를 잡아주었다. 그렇게 몇 번 그녀의 조언을 영양 간식처럼 챙기다, 언제부터였는지 그녀와 소식이 끊겼다. 내가 나 스스로를 가두었던 것이다.

누구나 낯설어하며 길들여지는 과정을, 그 고비를 나만 유난히 힘겨워했던 것은 아닌지 돌아보게 된다. 직장에 대한 미련을 안고 언젠가는 다시 그 자리로 돌아가겠다는 마음이 간절했기 때문에, 현실에 대한 적응이 더욱 어려웠던 건지도 모른다. 그 시절 다 지나가고 해마다 한 겹씩 선물처럼 입혀 놓고 가는 세월을 고맙게 받아들이고 있다고, 이젠 다 괜찮다고 웃으며 전해주고 싶은데 그녀를 만날 수가 없다.

이토록 오랜 시간이 흘러 여기 먼 곳까지 와 있는데, 그녀에게 갚아야 할 빚을 지고 있는 듯해서 마음이 무겁다. 그녀가 긴 생머리의 젊은 여인으로 내 가슴속에 있듯이, 그녀의 기억 속에서 나는 여전히 우울해 있을 것만 같다. 그녀에게 저장된 기억을 수정해 놓고 싶은데 그녀가 있는 곳을 모른다. 따뜻하고 너그러웠던 그녀는 어디에선가 잘 살고 있을 테지만, 힘겨워하던 나를 안쓰러운 표정으로 들어주던 기억 때문인지 환한 그녀의 얼굴을 그릴 수가 없다.

작은 풀씨 하나도 낡은 옷을 버리고, 제 이름을 들고 다시 일어나는 계절이다. 온 산천을 날마다 푸르게 물들이고 있는 새싹들처럼, 그녀에 대한 그리움도 하루하루 자라나고 있다. 집을 나온 이 기억이 언제쯤이면 제자리로 돌아가려나 모르겠다. 켜켜이 쌓아 놓은 그리움 중의 하나가 이 봄에 긴 방황을 하고 있다.

버리는 연습

　책장을 정리해야겠다고 생각한 것은 이웃의 이사를 보고 난 뒤였다. 열여덟 해 만의 이사라고 했다. 그날 아침부터 많은 짐이 사다리차로 내려오고 있었다. 오후가 되어서도 내려오는 짐은 줄지 않았다. 어둑해져서야 자동차에 실은 만큼의 많은 짐을 버려 놓고 이삿짐 차는 떠났다. 오래된 장롱과 소파, 자잘한 가구며 가재도구가 있었지만 가장 많은 것은 책이었다. 버려진 책들을 살펴보았다. 누렇게 바랜 제목조차도 흐릿해진 고서들이 그들이 입은 시간을 말해주고 있었다. 주인에게서 버려져 이제는 쓰레기로 전락해버린, 그것들을 한참을 바라보며 우리 집 책장을 생각했었다.

　아침 청소를 할 때마다 마음에서는 여러 번 버리던 것을 오늘은 실행하기로 했다. 한번 보고 더는 손이 가지 않는, 소설들과 월간 잡지들은 왜 이렇게 오래 지니고 있었던 것일까. 다시 돌아오지 않을 시절과 추억을 버리는 것만 같아 오래 간직했던, 가족들의 대학 교재들과 전문 서적들도 책장에서 내려왔다. 쉽게 버릴 수 없는 것들이 책이다. 책들이 모두 그렇지만, 내 이름으로 보내온 개인 시집이나 수필집들은, 책을 지은 사람의 노고가 고스란히 내 것처럼 느껴져 차마 버릴 수 없는 것들이다. 책 한 권이 나한테 오기까지 얼마나 많은 시간과 열정이 담겨 있는지 경험으로 알기 때문이다. 책을 읽는 사람들이 무심하게 훑어보고 지나칠 수 있는 문장 하나에도, 얼마나 많은 사고의 시간이 담겨 있는지 알기 때문에 언제나 귀한 손님처럼 모셔두고 있다. 어쩌면 누군가에게 전해졌을 내 책들도 그런 대우를 받았으면 하는 마음이 담긴 처신인지 모르겠다.

책을 발간하면 문인들이나 주변 지인들에게 보내주게 된다. 나의 소소한 일상이나 자잘한 감정들이 담긴 글이기에, 언제나 벌거벗은 채 거리에 서는 것 같은 부끄럼을 동봉한 채 배달되는 것이다. 책에 서명을 하고 봉투에 일일이 주소를 쓰는 일은 나에게는 하루 치의 고된 노동이다. 그럴 때마다 내 책은 어떤 대우를 받게 될까를 생각한다. 환대받지 못한 존재로 한구석에 짐으로 놓여 있게 되는 것은 아닌지, 이리저리 밀려다니다 쓰레기로 전락되는 것은 아닐까 하는 생각을 하면, 내가 괜한 수고를 하고 있는 것 같아 갈등의 시간을 겪기도 한다.

가끔 헌책방에 가는 날이 있다. 헌책방이라고 하지만 일반 서점과 크게 다를 것이 없는 책들이다. 새 책을 사서 한번 읽고 내놓은 것들을 싼 가격으로 살 수 있는 곳이라 사람들 발길이 많다. 어느 날 들렀다가 눈에 익은 표지에 손이 갔는데, 서명이 없는 내 수필집이었다. 헤어진 혈육이라도 만난 듯 반갑게 손이 갔지만, 결코 즐거운 경험은 아니었다. 누군가에게서 버림 받았구나 하는 생각이 먼저였다는 것이 맞겠다. 나를 거기 두고 가는 것 같아 발이 무거웠지만, 쓰레기로 버리지 않고 중고 상품으로라도 내놓은 것에 고마워하자고 돌아선 날이 있었다. 그 때문에 책을 들고 우체국에 갈 때까지, 누군가에게 보내는 일이 헛된 짓은 아닐까 하는 생각에서 자유롭지 못하다. 새삼 여기저기로 흩어져 간 내 책들의 안부가 궁금해진다.

글을 쓰는 일은 내 즐거움이니까 완성했다는 만족감으로 마무리하자고 하면서도, 늘 그렇게 결과물을 앞에 두면 어쩔 수 없는 번뇌의 순간이 온다. 하지만 책을 받고 감사의 인사를 보내주는 고마운 분들이 있어 용기를 낸다. 드문 일이지만 내 책을 받을 때마다 격려가 담긴 편지를 보내오는 어느 시인의 정성은, 또다시 글을 쓰게 하고 내 결과물을 세상에 내보내는 데 가장 큰 힘이 되고 있다.

이런저런 사연이 있는 책들을 제외하고 많은 책들이 책꽂이에서 내려 왔고, 재활용 바구니에 담겼다. 책장이 헐렁해지니 바짝 긴장한 채 부동자세였던 책들도, 비스듬히 서로에게 기댄 여유가 보인다.

그동안 별 거부감 없이 지니고 있던 책들인데 찬찬히 들여다보니 모두 짐으로 느껴진 것이다. 어디 책들뿐일까. 거실과 방마다 주인처럼 오래 그 자리에 앉아 있는 가구들, 주방의 수많은 그릇들, 그들은 모두 제구실을 다하고 있는 것인지 생각해 본다. 오래도록 입지 않는 옷들은 수시로 정리하는데도 옷장은 옷과 가방으로 가득 차 있다. 꼭 필요해서 구입한 것들이 아니라 갖고 싶은 욕심을 채우기 위한 것들이 대부분이다. 그것들이 없어도 사는 데 불편을 느끼지는 않지만 차마 버릴 수 없어 끌어 안고 있다. 꼭 필요하지 않은 것들은 짐이 될 뿐이다. 짐이라고 느껴지는 것은, 이제 조금씩 버리는 연습을 해야 할 때라는 의미일 것이다.

늦은 깨달음

오래전의 일이 왜 이렇게 자꾸만 생각이 나는 것일까. 까마득하게 잊고 있었는데 어느 날부턴가 내 일상에 문득문득 들어와 있다. 아주 지워진 기억은 아니었지만 그동안 잊고 지냈던 이름이다. 오늘도 그 기억 속을 헤집고 다녀오니 마음 한편에 잠시 어둑한 그늘이 드리운다.

저만치 앞에 제법 넓은 강물이 흐르는 마을, 어떻게 달려갔는지 나는 작은 초가집 쪽마루에 앉아 있었다. 희끗한 머리의 할머니가 하염없이 흘리는 눈물, 그리고 넘겨다 본 빈방, 그녀는 없었다. 왜 그랬느냐고 질문할 수도 없고 돌아올 대답도 없는 그 사실 앞에서, 할 수 있는 것은 남아 있는 사람에게 보내는 위로의 말뿐이었을 것이다. 무슨 말을 하며 할머니를 위로했을까. 어쩌면 아무런 말도 못하고 함께 가신 담임선생님 뒤에서, 눈물 가득한 흐린 눈으로 그저 건너편 강물만 바라보고 있었을 것이다. 수업 도중이었기에 선생님과 나는 다시 학교로 돌아왔고, 교실은 침울한 채 하루가 저물었다.

그녀는 그렇게 떠나갔다. 평소에 어떤 내색도 하지 않고, 아무런 말 한마디도 남기지 않고 어느 날 갑자기 가버렸다. 얼마나 오래 그녀의 빈자리를 돌아보았을까. 마음의 충격도 잠시, 대학 입시를 앞에 둔 우리는 각자의 길에 전념해야 했다. 그녀가 불우한 환경에서 자랐다는 것은 이미 알고 있는 사실이었다. 아주 어려서부터 할머니와 단 둘이 살았다는 것 외에, 부모에 대해서는 그녀도 말을 하지 않았으며 어느 누구도 대놓고 물어보지 않았다.

부모가 없는 가정에서 살아간다는 것, 그 삶에 대하여 그때 나는 깊이 생각해 보지 않았다. 더구나 언제나 북적거리고 말도 많고 탈도 많던 대가족 속의 일원이었던 나는, 그 단출한 가족의 외로웠을 생활을 상상조차 하지 못했다. 때문에 결손 가정에서 그녀가 겪고 견디어야 하는 고충이나 아픔에 대하여 깊이 생각하지 않았을 것이다. 그녀는 정말 멀리 가버린 것인지 가끔 생각이 스쳐 갔지만, 시간이 흐르면서 잊고 지냈다. 그렇게 잊고 있던 그녀가 얼마 전 문득 생각난 것이다.

졸업과 입학 시즌이 되었고, 손녀 아이가 다니던 어린이집도 수료식이 있었다고 했다. 조금 늦게 수료식에 나타난 제 엄마를 발견한 아이의 좋아서 어쩔 줄 몰라하던 표정이며 그 상황을 설명하며 며느리는, 그날 참석하지 않았다면 아이의 마음이 어떠했을지 생각만으로도 마음이 아프다고 했다. 친구 엄마들 속에서 아이는 제 엄마를 애타게 찾았으리라. 시무룩해 있는데 드디어 나타난 엄마 얼굴을 보게 된 아이의 환한 표정을 상상할 수 있었다.

까맣게 잊혀진 나의 옛날을 돌아봤다. 입학식이며 졸업하는 날 나는 누구와 함께였을까를 생각하다 문득 그녀가 생각났다. 많은 가족들이 등장해서 축하하고 격려해주는 날이면 그녀는 얼마나 더 외로움을 느꼈을까. 가족들과 함께하는 친구들을 어느 한 구석에서 부러운 시선으로 바라보는 때도 있었을 것이다. 그 많은 날이 지나간 뒤 지금에서 그녀의 힘겨웠을 시간들을 생각한다. 그녀의 처지를 조금 더 가까이서 들여다보고 많은 이야기를 나눌 수 있었더라면, 그녀가 느끼며 사는 빈자리의 커다란 공백을 조금이라도 친구들이 채울 수 있었다면 그녀의 생은 달라졌을지도 모른다. 이 얼마나 늦은 깨달음인가. 다른 사람들에게 마음을 드러내지 않고 밝은 표정이었기에, 오로지 혼자 견디어야 하는 외로움이 더욱 무거웠을 것이다. 그녀의 이면을 볼 수 없었던 가벼운 젊은 날이었기에, 그녀의 숨겨진 마음의 고독을 어느 누구도 읽을 수 없었던 것이다.

지금도 선명하게 떠오르는 얼굴, 그녀는 빳빳하게 풀 먹인 하얀 깃의 교복을 입은 소녀로 늙지 않고 내 기억 속에 있다. 실감할 수 없는 사실 앞에서 저편 강물의 유유한 흐름만 멍하니 바라보던 그날의 일이, 오늘도 내 창에 흐린 화면으로 펼쳐진다.

떠난 후에 알았네

빈집이다. 언제 이사를 한 것일까. 창문도 현관문도 모두 철거된 텅 빈 집을 바라보는 마음이 허전하다. 며칠 집을 떠났다 돌아와 보니 속을 훤히 드러낸 빈집으로 서 있다. 단독 주택단지에 유독 눈에 뜨이는 통나무집은 노부부가 살던 곳이다. 주인이 바뀌는가 보다. 손길이 많이 가야 하는 단독주택의 생활이 노부부에게 힘겨웠을 것이다. 중년의 남자 둘이 울타리 주변의 나무들을 손질하고 있었다. 낮게 다듬어지는 나무, 뭉툭하게 잘리는 나무들로 주변이 어지럽다. 울타리 밖으로 가지를 드리웠던 키가 컸던 감나무도, 몇 개의 붉은 감을 달고 반쯤은 줄어든 키로 침울하게 서 있었다. 왠지 나는 남아 있는 것들의 마음이 되어 바라보는 마음이 쓸쓸해진다.

하루에 한 번쯤은 지나다니게 되는 길목에 있는 집, 노부부의 유일한 소일

거리인 듯 사철 언제나 꽃을 볼 수 있던 집이다. 눈이 펑펑 내리는 겨울에도 그 집 창안에는 붉은색 제라늄 꽃이 피어 있었다. 봄이면 벽돌 울타리 한쪽은 나팔꽃으로 덮였다. 연보랏빛 나팔꽃은 할아버지가 세워준 지지대를 타고 올라가, 벽면을 가득 채워 눈길을 끌었다. 그 신비스런 보랏빛에 반해서 늦은 봄 그 집 울타리에서 나팔꽃 씨앗을 받다가, 남의 것에 손을 댄다고 할아버지에게 꾸중을 들은 날도 있었다. 그 많은 꽃씨에도 너무 인색하다고 순간 생각하며 돌아섰지만, 아이를 돌보듯 정성을 들이는 할아버지 마음을 이해할 수 있었다.

늦가을이면 노부부는 내 주먹만 한 크기의 감을 땄었다. 감나무에 기대 놓은 사다리에 올라가, 할아버지는 장대로 감이 달려 있는 작은 나뭇가지를 꺾어 내렸다. 감을 따는 내내 많이 쇠약해져 보이는 할머니가, 사다리 옆에서 염려스러운 듯 지켜보고 있었다. 그리고 며칠 후면 말갛게 속살이 드러난 감들이 줄에 꿰어 처마 밑에 줄줄이 걸렸다. 그런 일을 해마다 보게 되니 가을이면 그 집 감나무를 올려다보게 되었다. 열매가 많으면 마치 내가 해야 할 몫이라도 되는 듯 걱정이 되곤 했다. 그러더니 삼사 년 전부터 감나무는 그리 많은 농사를 짓지 않았다. 노부부의 감 수확 포기가 먼저였는지 감나무의 흉작이 먼저였는지 모르지만, 그 후로 감을 따는 노부부의 모습은 볼 수 없었다. 누구의 도움을 받는지 나무 우듬지에 까치밥 몇 개만 남겨져 있었다. 진한 갈색으로 노화되어 가는 통나무집과 함께 세월을 입어가는 노부부에게, 소소한 일도 감당할 수 없는 노동이 되었을 것이다.

속을 훤히 드러내고 음울하게 서 있는 빈집, 오래 함께했던 사람들과의 이별이 서운한 저 집의 마음일 것 같다. 고개 숙인 채 침울해 보이는 감나무를 보며 생각한다. 조금씩 늘어나는 면적을 행복지수라고 평가해가면서 거주지를 옮겨 다니던 그때, 그동안 우리 가족을 품어준 집에 대한 고마움을 생각해본 때가 있었는지, 늘 눈을 맞추며 지내던 주변의 나무와 꽃들에게 작별 인사를 하고 떠나왔었는가를 새삼 돌아본다. 우리가 뒤도 돌아보지 않고 떠날 때, 남아 있던 빈집은 저렇게 휑한 가슴으로 서 있었을 것이다. 서운한 마음은 있었겠지만 단지 새집을 향한다는 생각에 발걸음만 가벼웠을 것이다.

울타리의 모든 것들이 새 단장에 들어갔으니, 이제 나팔꽃도 저 자리에 오지 않을 것이다. 키가 낮아진 채 묵묵히 서 있는 저 감나무는 이별을 알고 있을까. 손이 닿는 높이에 남아 있는 몇 개의 감, 그 붉은 빛을 감나무의 서러움이라 여기며 바라보고 있는 나, 그분들과의 소통이라고는 나팔꽃 씨앗으로 인해 받은 꾸지람뿐인데, 왠지 서운해서 발길이 쉽게 돌아서지 않는다.

소나기가 지나간 하루

비가 내렸다. 파란 하늘과 눈부신 햇빛으로 시작한 아침이었는데 오후로 들어설 무렵에 예고도 없이 비가 내렸다. 때를 기다리기라도 한 것처럼 갑자기 어두워진 하늘은 십여 분 남짓 비를 쏟았다. 소나기는 뒤끝 없는 사람처럼 치근대지 않고 마무리가 깨끗하다. 빗방울이 나뭇잎 끝에 금방이라도 떨어질 것 같은 눈물처럼 달려 있다. 내 안의 축축함을 더해주는 물기 어린 풍경은, 다시 햇살이 퍼지면 그 표정을 바꾸어 놓을 것이다.

보도 위에 고여 있는 물을 부러 찰방찰방 밟는다. 지상에 닿자마자 어딘가로 흘러가버린 빗물들처럼, 신발을 넘지 않게 고여 있는 물도 길을 나서고 싶을 것 같다. 떠날 수 있으면 길 찾아보라고, 고여 있는 얕은 웅덩이의 물을 아이처럼 발로 튕기며 걷는다. 도로 위를 달리는 자동차 소리도 둔탁하게 들린다. 횡단보도를 건너는 사람들이 하나같이 바쁜 걸음들이다. 모두들 저리도 바쁘게 어디로 가는 것일까. 미적거리는 내 걸음이 그들 흐름을 방해하는 것 같아 한편으로 비켜나 걷는다.

방향이 정해지지 않은 걸음이 또 하나의 횡단보도 앞에서 서성거린다. 아직 파란 제 모습을 찾지 못했지만 하늘은 조금씩 밝아지고 있다. 딸을 태운 비행기는 이륙했을 것이다. 지금은 우리나라 영역을 벗어나 어느 구름바다 위를 날고 있을 것이다. 열세 시간의 하늘 길, 오는 길보다 가는 길이 얼마나 더 멀게 느껴질까. 피붙이라고 누구 하나도 없는 타국으로 왜 가야 하는지, 딸을 배웅하는 뒤에서 생각했었다. 가정을 꾸린 것도 아니고, 아무 연고도 없는 곳에서 몇 년째 홀로 펼치고 있는 삶은 늘 마음에 걸리는 일이다. 자신이 좋아서 선택한 터전이겠지만, 혼자 겪어야 하는 이국생활의 외로움을 내가 대신 앓을 때가 많다.

오래 비어 있던 방이 다시 비어있음의 제 모습으로 눈에서 마음에서 익숙해지려면, 또 오랜 시간이 흘러가야 한다. 언제나 떠나고 난 빈자리가 빈방으로 길들여지는 시간은 오래 걸렸다. 풀어 놓았던 짐을 하나하나 다시 꾸릴 때 생각했다. 삶은 여행 같다고, 우리 모두의 삶이 여행인 거라고, 횡단보도를 바쁘게 건너다니는 사람들, 이들도 모두 지금 여정의 한 길목을 가고 있는 것이리라. 작은 손가방 하나 들고 그들 속에 섞여 어디로 갈까 서성거리는 나도, 지금 삶이라는 영역 안에서 여행 중인 것이다.

시간이 지나면 늘 그러했듯이 이별 자국도 희미해지고 집 안의 적적함에도 익숙해진다. 때때로 달이 있는 밤하늘을 올려다보며, 내게는 너무도 멀게만 느껴지는 나라 프랑스, 그곳 파리의 시간을 버릇처럼 또 헤아려 보게 되리라. 계절이 바뀌면 그 나라 날씨를 가늠해 보기도 하면서, 먼 거리감에도 무디어져 갈 것이다. 또 언제나처럼 마음 한구석 빈자리도 빈방도, 담담하게 바라볼 수 있을 것이다.

올려다본 하늘이 점점 파란 빛을 넓혀 가고 있다. 맑은 햇살이 조명처럼 주변을 밝히니 침울하던 모두가 반짝 빛을 품는다. 그렇게 다시 하루는 아무 일도 없었다는 듯 환해진 길로 시간을 이끌어 가고 있다.

뒤돌아보는 길목

　　시외를 달리는 자동차 창 너머의 풍경이 눈에 익숙하다. 몸을 조금 일으키니 고속도로 저 건너편으로 아담한 마을이 보인다. 고만고만한 집들이 납작하게 엎드려 있는, 언제나 조용해서 드나드는 자동차 소음도 조심스럽던 곳이다. 그 마을 입구의 작고 오래된 기와집, 누군가 주인이 되어 있을테지만, 아직도 친 인척이라도 살고 있는 듯 안부를 묻고 싶어진다. 나무들에 가려 잘 드러나지 않는 위치를 눈으로 더듬으니, 간신히 보이는 그 집 지붕 한 부분에 눈길이 닿는다.

　텃밭은 그 자리에 예전처럼 있는지, 나무들 틈 사이로 살펴보지만 거기까지 내 시선이 닿지 않는다. 상추며 쑥갓 호박 등 온갖 채소들이 아직도 그곳에서 자라고 있을까. 시어머니의 생에 가장 좋았던 때라고 회고하던 것도, 그 텃밭에서 보낸 기억 때문이었을 것이다.

　도시에서 살다가 노년기에 이주한 전원생활의 불편한 점을 거론하면서도, 채소들 키우는 재미를 말해주곤 했었다. 처음 적응기에는 늘 흙을 밟고 사는 주위 환경을 흡족하게 생각하지 않았다. 그러다 한 알의 씨앗에서 노란 싹이 올라오고, 푸르게 자라는 것들을 지켜보며 텃밭을 가꾸는 일에 의욕을 보였다. 상추가 자라고 호박이 맺히는 소식을, 안부를 묻는 전화기를 통해 때때로 우리에게도 전했다. 상춧잎이 먹기 좋을 만큼 자라있다고 애호박도 주먹만 한 것이 열렸다고, 주말이 가까워지면 시어머니는 텃밭의 그것들을 이유로 우리를 불러들였다. 채소가 자라는 봄부터 배추를 거두어들이는 늦가을까지, 우리의 주말은 자유로울 수가 없었다. 그때마다 나는 투덜대며 그 길을 오갔었다.

　그 집으로 가는 내내 심기가 불편하다가도, 그곳에 도착하면 나는 가장 먼저 뒤꼍의 텃밭으로 갔다. 싱싱한 상추를 따고 진한 향을 마시며 쑥갓을 끊어 바구니에 담는, 넉넉한 여유를 즐겼다. 풀숲으로 뻗은 호박 넝쿨을 헤쳐가다, 숨어있는 동그란 호박을 만나면 보물이라도 찾은 듯 환호를 했다. 그런 나를 생각해서였는지 적당한 호박이 있는지 찾아보라면서, 시어머니는 호박이 숨어 있는 자리를 넌지시 짚어주는 날도 있었다.

　40분이면 갈 수 있는 거리를 주말이면 교통체증으로 두 배는 더 걸리던 길, 십여 년 동안 그 길을 오가면서 즐거운 마음으로 간 날이 몇 번이나 있었을까. 시장에서 사다 먹는 게 편하다고, 가져와야 다 먹지도 못하고 버리게 되는 것을 왜 이런 수고를 하느냐고, 나는 아마 밀리는 차 안에서 온갖 불평을 했을 것이다. 사실 그랬다. 가지고 온 채소들을 다 소비할 때까지 그것들이 싱싱하게 기다려주지 않아, 며칠 지나면 시들고 상하는 일이 많았다. 휴일을 빼앗긴다는 생각만 앞세우지 말고, 손수 키운 것들이라 귀하게 여겨져 자식들에게 나눠주고 싶은, 그 마음과 정성만 생각했다면 오고 가는 길이 소풍처럼 조금은 즐겁지 않았을까. 엄마라는 이름을 얻고 나서야 어머니 마음을 이해하게 되었고, 나이가 들어서야 노모의 깊은 속을 돌아보게 되니 어쩔 수 없이 늘 몇 발자국 어긋나는 관계인가 보다.

연로해지면서 단독주택의 생활이 힘겨워져 공동주택으로 옮겨 무료한 몇 해를 보내고, 몇 달의 요양병원의 날들을 거쳐 그분은 가셨다. 떠나시기 얼마 전 희미해진 기억 속의 지난날을 돌아보며, 그곳에서 살던 때가 가장 행복했었다는 말을 남겼다. 씨를 뿌리고 새싹이 돋기를 기다리고 푸르게 성장하는 그것들을 지켜보던 즐거움과, 넉넉하게 거두어 자식들에게 안겨주며 보람을 느끼던 날들의 기억을 단단히 지니고 가셨을 것이다.

한 사람의 삶에서 가장 행복했던 날들을 있게 해준 곳, 그 집은 오래전에 다른 사람의 터전이 되어 있다. 그곳의 날들을 그리워하며 추억하던 사람도 지금 이 세상에 없다. 하지만 이 고속도로를 이용하게 될 때면 내 마음은 언제나 저 마을을 경유한다. 그 집은 아직 그대로 있는지, 텃밭에 싱싱한 채소들이 그 집 주인에게 즐거움과 보람을 느끼게 해주면서, 여전히 그 자리를 차지하고 있는지 궁금해진다. 점점 잊혀져 가는 그날의 기억들처럼, 허공을 차지하는 영역이 해마다 넓어지는 나무들에 가려 바라볼 때마다 작아지는 낡은 기와지붕이 보이면, 반짝 일어나는 반가움에 그리움이 겹친다. 자동차는 이미 그곳을 지나쳐 멀리 와 있는데도, 나는 지금 그 집을 드나들던 옛일들을 그림책처럼 차창 밖으로 펼쳐가고 있다.

잃어버린 것에 대하여

잃어버린 것을 생각하는 날이 가끔 있다. 가장 가슴 아픈 일은 언제나 그 자리에 있을 것 같던 사람과의 이별이다. 아깝고 안타깝지만 우리 힘으로 어찌할 수 없는 일이다. 하지만 우리가 노력하면 지켜 낼 수 있는 것들, 함께할 수 있었던 것들에 대한 부재를 느낄 때 우리의 삶을 되돌아보게 된다.

반딧불이를 보았다. 얼마나 반가운지 내가 마지막으로 그것을 본 초등학생 때처럼, 동동거리며 따라다녔다. 처음 그 빛을 보았을 때 미처 거두어가지 못한 햇살 조각인 줄 알았다. 어스름 속에서 아닌 듯 스친 또 하나의 작디작은 불빛이 나타났을 때도, 전혀 반딧불이 그 이름을 생각하지 못했다. 뭘까? 물음표를 앞세워 놓고 주시하고 서 있는 내 앞에서 맑고 환한 빛들이 선명하게 날아다니는 것을 확인하고, 나는 설마하며 혹시 반딧불이 아니냐고 조심스럽게 동행에게 물었다. 오래전에 타국으로 건너와 필라델피아 현지인으로 살고 있는 그는, 대수롭지 않다는 듯 반딧불이라고 말했다.

세상에! 어머나! 아마 나는 내가 만들 수 있는 감탄사는 모두 연발했던 것 같다. 내가 놀라서 사방을 두리번거리는 동안에 마치 이방인에게 보여주기라도 하려는 듯, 드넓은 잔디밭 여기저기에서 수많은 빛이 일어나고 있었다. 얼마만인가. 생각하지도 못한 반딧불이를 여기 타국에서, 이렇게 많이 만나다니 꿈만 같았다. 한동안 잊고 지낸 이름과의 재회에 시간 가는 줄 모르고 그들을 지켜봤었다.

반딧불이는 여기서 흔히 볼 수 있다고 말하며, 그는 내 놀라움과 반가움을 이해한다는 듯 웃었다. 나는 이 반딧불이가 우리 마을에서 살던 그것들만 같았다. 환경이 맞지 않아 모두 이 먼 나라로 피신해 온, 우리 것들만 같았다. 반딧불이를 본 것은 아주 까마득한 옛일이라고 말하는데 괜스레 울컥해졌다. 그날 밤 빛의 잔영을 담고 누운 내 눈 속에서, 그들은 밤새 나를 데리고 내 고향 온 마을을 날아다니고 있었다.

작고 아담한 집들이 겸손하게 움츠리고 있는 낡은 풍경 속에, 초등학교를 늘 함께 다니다 어느 날 도시로 이사를 간 친구네 빈집 앞을 서성거리는 작은 내가 있었다. 아이가 없어 늘 눈이 슬펐던 윗집에 사는 친구의 올케언니의 쓸쓸한 얼굴도 보였다. 내가 자주 드나들던 뜨락이 유난히 높았던, 지금은 다른 세상으로 소재지를 옮겨간 우리 둘째고모네 집도 윗마을에 그대로 있었다.

그 밤 내내 그동안 잊고 살았던 사람들과 동동거리며 오솔길을 돌아다니는 어린 나를, 예상하지도 못한 반딧불이를 만난 덕분에 다시 만날 수 있었다.

어스름이 내릴 무렵이면 허공을 날아다니던 수많은 불빛들은, 마치 유희하듯 나타났다 사라지기를 반복했었다. 어둠이 짙어질수록 환해지던 빛 때문에, 외등 하나 없는 마을의 밤은 별이 빛나는 밤하늘처럼 아름다웠다. 흔하디 흔해서 별 흥밋거리가 되지 않던 반딧불이는 언제나 거기 그렇게 있을 줄 알았다. 그들이 하나둘 사라지기 시작한 것은 언제부터였을까. 내 고향마을에서 그들은 언제부턴가 불려지지 않는 이름이 되었다. 그리고 나에게도 잊혀져 가는 존재가 되어 있었다.

반딧불이를 만나고 온 뒤부터 저녁에 만나는 작은 빛에 민감해진다. 아스팔트에서 반사되는 점 같은 빛에도 반딧불이를 생각한다. 마른 풀을 태우는 저녁에 불꽃이 오르고 작은 불티들이 허공에 흩어지면, 별똥별 같다고 나는 말했었다. 이제는 반딧불이 같다는 표현으로 바뀌었다. 아니다. 반딧불이라면 좋겠다는 바람을 하고 있다.

우리나라 몇몇의 지방에서 반딧불이 체험을 하는 곳이 있다고 한다. 어릴 적 흔히 보던 반딧불이는, 이제 천연기념물이라는 타이틀을 지닌 귀한 존재가 되어 있다. 그들을 다시 우리의 여름밤으로 돌아오게 하는 길은 없는 것일까. 민요가락을 타듯이 너울너울 춤을 추며 날아다니던 불빛들, 하루의 피로 같은 어스름 속에서 그들이 펼치는 영롱한 빛의 향연을 다시 만나고 싶다.

외로움이 사는 마을

고양이 울음소리에 눈을 뜬다. 긴 밤 동안 불면과 타협하느라 깊은 잠을 이루지 못하는 내가 잠시 편한 잠을 자는 시간, 그 새벽이면 고양이 울음이 나를 깨운다. 창문으로 내다보는 나를 확인하면 더욱 보채듯 울음소리가 커진다. 그곳의 유일한 아침 손님이 된 고양이의 사료를 챙겨주면서 시골집에서의 하루를 연다. 집 주변을 산책한 후에 늦은 아침을 먹고 나와, 여기저기 굴러다니는 가랑잎들을 눈으로 간섭하며 차 한 잔을 다 비우도록, 어느 이웃의 모습도 보이지 않는다. 마치 아무도 살지 않는 빈집들처럼 주변은 인기척 하나 없이 조용히 침묵하고 있다.

하루가 시작되기만 하면 늘 텃밭에 나와, 무언가 바쁘게 흙에서 손을 놓지 않던 윗집 아주머니도, 구부러진 허리로 집 주변을 정리하느라 일손을 놓지 않던 옆집 아주머니도, 이 겨울 칩거 중인지 통 만날 수가 없다. 이웃들의 빈 텃밭도 마른 풀 하나 없이 말끔하게 다듬어져서 겨울 휴식기에 들어 갔다. 마당에 나가 크게 헛기침을 해본다. 마을이 텅 빈 듯해서 일부러 인기척을 내지만, 내가 만든 소음은 더 큰 쓸쓸함을 동반하고 다시 내 앞으로 고스란히 돌아올 뿐이다.

겨울이 되면 사방이 훤히 드러나, 어디 은신할 작은 공간 하나 없다고 불평하던 때가 있었다. 나무들의 품이 넓을 때는 그들이 적당히 포위망을 펼쳐 놓으니, 살짝 나를 가리고 싶을 때 그 구실을 충분히 해준다. 숲을 이뤄 주변을 감싸주던 나무들이 빈 몸이 되니, 휑하게 사방이 트인 곳에서 이제는 내가 소음으로 서 있어도 아무도 내다보는 기척이 없다. 시골의 겨울은, 아니 거의 노인들뿐인 이 마을의 겨울은 이렇게 해마다 적막하기만 하다. 나는 이런 고요와 적막이 그리워 찾아와서는, 이 분위기를 감당하지 못해 순간순간 차디 찬 공기를 흡입하며 마을 길목을 서성거린다. 그때마다 따라다니는 고양이가 나와 유일하게 소통하는 존재다. 세 번의 해가 바뀌도록 내 집 주변을 떠나지 않는 길고양이, 그는 한동안 나와 일정한 경계선을 정해 놓더니 몇 달 전부터 거리를 좁혀 왔었다. 요즘은 이곳에 들르면 제가 집 주인이라도 되는 듯 달려 나와 반겨준다. 그때마다 그동안 무엇으로 허기를 채우며 지냈을까 미안하기도 하고 죄스런 마음이 되기도 한다.

바람 따라 몰려다니는 마당의 낙엽들은 첫서리가 내려도 고운 빛을 잃지 않더니, 이제는 완전히 흙빛이 되어 주위가 온통 무채색으로 침울하다. 구석

구석 쌓인 그 마른 잎들을 보면 밀려 있는 내 숙제 같아서, 바라보다가 부담스러워져 마당비를 들었다. 빗자루가 쓸고 간 아래 선명한 초록들이 살고 있다. 마른 잎을 덮고 이 추운 겨울을 살고 있는 것들을 대하니, 시들거리던 내 마음에 반짝 빛이 들어온다. 초록빛의 신선함과 생동감에 머리까지 개운해진다. 새 계절이 오기를 이렇게 숨죽이며 기다리고 있는 것들을 위해서라도, 마른 잎들을 치우는 것은 겨울 끝 무렵이나 할 일이라고 마당비를 다시 제자리에 내려놓았다. 십이월을 넘어 왔으니 우리 모두는 다음 계절에 가까이 가고 있는 것이다. 겨울 햇살의 따뜻한 기운을 크게 느끼는 것도 봄을 의식한 때문이지 싶다.

저 삭막한 들에도, 단정하게 만져서 겨울 휴식 속에 들여 놓은 이웃들의 텃밭에도, 멀지 않은 날에 깊은 잠을 깨고 나오는 작은 걸음들이 보일 것이다. 그때가 되면 덧문 하나 열어 놓고, 은둔처럼 칩거했던 이웃들의 인기척이 두런두런 길목에서 들려올 것이다. 정물처럼 멈추어 있던 마을의 침묵이 커다란 기지개로 긴 겨울잠에서 일어날 것이다. 하지만 지금 이 마을에 한겨울이 느린 걸음으로 지나가고 있다. 몇 차례 눈도 내리고 한파도 다녀갈 것이다. 그러는 동안 마을의 침묵은 깊어갈 것이고, 골목마다 외로움과 쓸쓸함이 자라겠지만 모든 것은 지나가기에 견디며 기다릴 수 있다. 그날을 고대하며, 무겁게 가라앉아 있는 마을에서 길고양이와 내가 오늘도 햇빛을 골라 밟고 있다.

어느 계절의 길목에서

　　오랜만이다. 계절이 오고 갈 때마다 그곳의 안부를 궁금해하면서도, 쉽게 나서지 못하던 길이다. 아직 받아들이고 싶지 않은 또 하나의 계절, 그 가을이 나뭇잎 끝에 조심스럽게 스며들고 있다. 가는 시간을 거부한다고 멈출 수도 없는 것을, 언제나 한 계절이 바뀔 때마다 잡아두고 싶은 아쉬움이 있다. 오래전부터 익숙한 길인데도 어디쯤인가 모르게 지나치는 거리가 문득문득 낯설게 느껴진다. 산 그림자를 품에 안고, 언제나 적막이 푸르게 고여 있어 신비롭던 산 아래 저수지도 보이지 않는다. 대관령을 연상시키며 구불구불하게 산을 오르고 내려오던 모래재라 불리던 길도 사라지고, 자연을 엿볼 틈도 내주지 않고 길은 자동차를 직선으로만 이끌고 간다. 모든 것은 이렇게 세월을 따라 변하기도 하고 흔적도 없이 사라져 가고 있었다.

고향을 지키며 사는 동생 내외는 집에 있었다. 서먹한 채로 인사를 나누고 마주 앉았지만, 잠깐의 침묵이 숨이 막힐 것처럼 답답했다. 우리 부부와 동행한 언니가 차를 준비하겠다고 사가지고 온 떡을 들고 일어서기에 주방으로 따라 들어갔다. 동생이 마늘을 다듬던 중이었는지 말갛게 벗겨진 작디작은 마늘이 그릇에 담겨 있었다. 동생은 이 작은 마늘의 껍질을 힘들게 벗겨가며 무슨 생각을 하고 있었을까. 아무런 생각도 하지 않으려고 맑은 가을볕을 외면하고, 침침한 주방에서 이 사소한 일에 매달려 있었는지 모른다. 아직도 자잘한 마늘이 수북하게 담긴 그릇을 보며 언니와 나는 동시에 한숨을 내쉬었다. 평소처럼 제부는 남편과 웃으며 이야기를 하고 있다. 마루에서 보이는 앞집 지붕을 바라보고 신축한 건물인지, 궁금하지도 않은 질문을 하며 함께 차를 마시면서도, 나는 자꾸만 벽에 걸어 놓은 조카들의 사진으로 눈이 갔다. 삼 남매가 다정하게 한쪽 벽을 가득 채우고 환하게 웃고 있다.

인심 좋아 보이는 충청도 사투리와 제부 특유의 너털웃음소리가 절규처럼 가슴에 얹힌다. 안절부절하며 눈치를 보는 우리 마음을 읽었는지, 집 앞 개울가 산책로로 나가 보자고 제부가 앞장을 선다. 동생은 아침에 걷고 왔다고 집에 남고 우리만 제부를 따라나섰다.

눈부신 꽃길이다. 물길을 따라 끝이 보이지 않게 만개한 코스모스꽃길이다. 아리따운 여인들이 찰랑찰랑 햇살을 흔들며 나들이 길에 나선 것 같다. 내 소년기와 함께 흘러가던 작은 개울이, 맑은 물줄기를 유유히 흘리는 넓은 물길로 변해 있었다. 잔잔한 물길 따라 꽃길도 하염없이 흘러간다. 아름다운 것을 오직 아름답게만 느낄 수 있다는 것은 얼마나 다행한 일일까. 찬란한 꽃들 속에 어리는 축축한 그늘을 지울 수가 없다. 자주 멈춰 서서 마음에서 몇 번이고 감탄과 탄식의 느낌표를 만드는 우리 앞을 가면서 제부는 "이 길로 자전거를 타고 아침마다 ○○한테 가서 한참 동안 이런저런 이야기를 하고 와요" 아직 우리가 입에 올리지 못한, 차마 말할 수 없던 사실을, 가버린 아들 그 아픈 이름을 먼저 입에 올리는 제부의 목소리가 떨렸다. 순간 목울대를 뜨겁게 치밀어 오르는 것 때문에 나는 아무 말도 할 수가 없었다. "아, 이 길로……." 남편도 더 말을 잇지 못하고 고개를 숙인 채 걷고 언니가 제부의 등을 말없이 쓰다듬었다. 제부의 눈에 뜨거운 눈물이 고였으리라. 아직 그를 보낸 사람들의 눈물이 마르지 않은 그가 묻힌 곳에 가서, 통곡을 하고 있을 것 같은 제부의 모습이 자꾸만 떠오른다. 얼마나 아까운 목숨인가. 다시 불러들일 수 없는 얼마나 아득한 거리인가. 다시는 일으켜 세울 수 없는, 그는 작은 아이들의 젊디젊은 아빠다. 한 부모의 기둥 같던 큰아들이다. 부모 목숨 같던 그 삶이 어느 날 예고도 없이 갑자기 정지된 사실을 어떻게 현실로 받아들일 수 있을까. 앞으로의 날들을 저들이 어떻게 견딜지 생각만으로도 캄캄하도록 아득하다.

가라앉는 우리 기분을 염려하는지 제부는 화제를 얼른 꽃길로 돌린다. 2킬로미터 넘게 코스모스꽃길이라고, 보이지 않는 저 건너편에는 돼지감자꽃이 피어 온통 노랗다고 일러준다. 가득 고인 눈물 탓에 제부의 손짓을 따르는 내 눈에 알록달록한 무리들이 마구 번지고 헝클어져서 일렁인다. 아름답다. 구름 한 점 없는 가을 하늘 아래 작은 바람에 살포시 흔들리는 꽃들이 처연하도록 아름답다. 그가 떠난 것이 가족 누구의 잘못도 아닌데, 죄인처럼 고개를 떨군 동생의 모습이 코스모스 무리 속에서 처연하다.

연신 아무렇지 않게 행동하려는 제부의 모습이 안쓰럽고 안타깝다. 그래서 무슨 말이건 꺼내는 것이 조심스럽다. 조용히 기다려주는 것밖에 우리가 해줄 수 있는 것이 아무것도 없기에 지켜보는 것이 더욱 가슴 아프다. 맑은 물줄기에 짙푸른 솔잎에 젊은 그 얼굴이 수시로 다가와 가슴을 흔들지만 약속처럼 아무도 더는 그의 이름을, 그의 부재에 관한 일을 거론하지 않았다.

몇 번의 계절이 다녀가고 해가 몇 번 바뀌어도, 그의 부재가 영원히 상처로 남아 발자국마다 아프게 밟힐 거라는 것을 우리는 안다. 어찌할 수 없는 먼 바다 건너의 일정 때문에 비보를 접하고도 전할 수 없었던 마음을 무겁게 안고 와서, 끝내 어떤 위로의 말 한마디도 놓지 못하고 돌아서 나오는 마당의 대추나무에, 오글오글 달린 튼실한 자식들 같은 굵은 열매들이 시린 단어로 아프게 가슴에 들어와 박힌다.

지금 아름다움을 과시하듯 피어 있는 꽃들도 계절이 기울면 사라진다. 언제나 곁을 흐르는 듯하지만 저 물줄기는 어제의 그 물이 아니다. 어제 흘러간 물줄기는 어느 강변에 닿아 강물이 되었을 것이고, 또 그 강의 흐름을 따라 먼 바다를 향해 길을 가고 있을 것이다. 그렇게 우리 모두는 머문 듯 어디론가 흘러가고 있다.

늦가을의 여자

유난히 빠르게 다녀가는 듯 느껴지는 계절, 사위어가는 가을을 바라만 보다 국화분을 몇 개 샀다. 꽃을 살 때는 나도 환한 청춘이 되었다가 꽃이 시들면 함께 시들하면서도, 흙에 심으며 오래 함께하자는 약속을 하는 그 순간이 좋다. 노랗고 붉고 흰 저 꽃들이 피어 있는 동안은 하루에도 몇 번씩 저들을 찾아다니며 쓸쓸함을 조금은 덜고 싶은 것이다. 꽃들과 눈 맞추고 돌아서는데 또 덜컥 마음에 걸리는 나무 하나가 있다. 지난 봄에 옮겨 심은 작은 벚나무다.

다른 나무들은 이제 서서히 붉게 물든 나뭇잎을 내리기 시작했는데, 유독 일찍 벌거숭이가 되어 있다. 키가 큰 나무들 틈에서 햇빛도 받지 못하고 늘 주눅 든 모습이어서, 지난 봄에 양지바른 곳으로 옮겨 주었다. 그 때문인지 여름도 싱싱한 초록이 되지 못한 채 지나고, 가을이 되면서 잎들이 일찍 푸른 색을 버리더니 다른 나무들이 단풍이 들기 시작할 무렵에 모두 낙엽이 되었다. 나무들의 속은 헤아리지도 못하면서, 내 땅에 사는 나무라고 내 마음대로 옮겨 놓은 것이다. 단단히 뿌리내린 삶을 파헤쳐 놓았으니 몸살을 심하게 앓는가 보다. 혼자 빈 몸으로 서 있는 모습에 눈이 갈 때마다, 잘못한 일인 것만 같아 미안해진다.

십여 년 넘게 살던 곳을 떠나와, 적응이라는 단어조차도 가까이하지 못하고 있는 어머니에게 이 늦가을은 얼마나 더 허전하고 쓸쓸할까. 어머니는 구십이 넘은 독거노인이었다. 많은 자식들은 모두 흩어져 자신들의 삶을 살아가고, 같은 지역에 거주하는 언니가 직장 관계로 매일 시간을 낼 수 없어, 일주일에 한두 번은 들러 어머니의 일상을 챙기다가 살림을 합치기로 했다. 먼저 살던 곳에서 자동차로 십여 분 거리인데도, 어머니에게는 천 리 낯선 곳처럼 느껴지나 보다. 5개월이 다 되어 가는데도 현관문 밖을 혼자 나가지 않는다. 베란다 한구석에 멈추어 있는 보행보조기와 함께 두 계절을 칩거 중이다. 익숙해져야겠다는 의지도 보이지 않는 듯하다. 혼자서 공원에 산책도 나가고, 성당 주일 미사가 살아가는 이유라도 되는 듯 꼭 참여하던 노력과 기력은 상실한 채, 누구의 도움 없이는 문밖의 출입을 지극히 두려워하고 있다.

익숙한 곳을 떠나야 하는 것 때문에 많이 망설였지만, 외로움보다는 나을 것이라는 어머니 스스로의 선택이었다. 모두가 예상은 했으나, 이렇게 오래 낯선 분위기에서 서성거리고 있게 될 줄은 몰랐던 것이다. 어머니는 때때로 예전 살던 곳이 더 좋았다며 마음은 여전히 그곳에서 살고 있다. 익숙해지려면 많은 시간이 필요하겠다고 생각을 하지만, 어머니의 남은 생이 그 오랜 날들을 버틸 수 있게 허락할지를 생각하면 마음이 편하지 않다. 주변의 편리한 시설도 더 넉넉하게 드리운 자연환경도, 익숙했던 터전을 넘어설 수는 없나 보다. 전혀 도움이 되지 않는다는 것을 알면서도, 편의시설이며 집에서 가까운 산책로의 좋은 점을 강조해가며, 익숙해지려 노력하라고 만날 때마다 어머니의 마음까지 자주 간섭하고 있다.

오늘도 여전히 창밖만 바라보고 있을 어머니, 붉게 물든 나뭇잎들이 바람도 없이 떨어지는 것을 바라보며 한숨만 흩어 놓고 있을 것이다. 날씨가 추워지니 계절을 이유로 칩거 중이라 여기자고, 수시로 체증처럼 가슴에 얹히는 어머니의 답답한 일상을 당분간 생각 밖으로 밀어 놓기로 했다. 겨울이 지나면 길 건너의 교회에도 나가고 주변 산책도 할 수 있을 거라고, 아직 오지 않은 겨울을 미리 앞당겨 마음으로 부지런히 보내고 있는 중이다. 어머니에게 겨울은 얼마나 지루하고도 짧은 시간이 될까.

저물어가는 계절이라도 잡아두고 싶어 꽃을 사다 심으며 위안을 찾는 여자, 어머니의 노후가 단지 어머니만이 가야 하는 길은 아니라는 것을 알기 때문에 늦가을을 가는 마음이 더욱 쓸쓸하다. 마당의 저 벚나무와 지금 어머니를 지나가고 있는 시간은 새 터에 대한 적응기라 여기고, 다음 해 봄이 되면 싱싱하게 일어나는 만물들처럼 활력을 찾는 날들이 되었으면 하는 바람이다.

배회하는 이들을 위하여

어머니의 짐은 생각보다 많았었다. 꼭 필요한 것들만 챙겼는데도 꾸려 온 짐을 풀면서, 한 사람이 살아가는 데 소소하게 많은 것들이 필요하다는 것을 새삼 느낄 수 있었다. 내가 일한 몫은 많지 않았어도 어수선하고 분주한 분위기에 섞여 있느라 피곤하기도 했고, 산을 배경으로 한 주변 환경이 조용해서 숙면에 도움이 되었나 보다. 오랜만에 단잠을 잤다. 어느 휴양지에 온 듯하다고, 지난밤에 언니들과 오래 이야기를 나누다 잠이 들었다. 노년의 고독에서 벗어나고 싶어 하던 어머니가, 혼자 거주하던 곳을 떠나 언니와의 동거를 시작한 지 닷새째다. 나도 며칠 이곳에 머물면서 간간이 집 정리를 돕고 있는 중이다. 먼저 살던 곳과 같은 지역인데도 주변 환경이 낯선 때문인지, 어머니는 거실 한편에 작게 움츠린 모습으로 창을 향해 손님처럼 앉아 있다.

고층 건물을 선호하지 않지만, 9층 높이에서 내려다보는 조용하고 한적한 풍경이 좋다. 늦은 아침 식사를 마치고 창가에 섰다. 언제부터 내리는지 가느다란 빗줄기에 아침 풍경이 젖고 있었다. 이제 여름 더위도 사위느라 선선해진 공기를 느끼며 내려다보는 저 아래, 우산 두 개가 걸어간다. 천천히 걸어가다 서고 몇 걸음 걸어가다 또 서기를 반복하는, 그 둘의 모습을 내 눈은 줄곧 따라가고 있다. 앞에 가는 작은 우산이 걸음을 멈추면 뒤에 따라 오는 커다란 우산도 멈춘다. 키 작은 우산 아래 조그만 비신발이 알록달록하다. 그 느리고 느린 걸음이 한참 멈추어 있는 곳은 상가 건물 옆의 어린이집 앞이다. 이제 커다란 우산이 앞에 서서 어서 들어오라는 손짓을 하고, 키 작은 우산은 꼼짝도 하지 않고 그 자리에 멈추어 있다. 저 작은 우산이 무슨 말을 하고 있는지 우산이 흔들흔들한다. 그러다 작은 우산이 어린이집을 지나쳐서 다시 걷기 시작한다. 한참을 바라보던 커다란 우산도 다시 작은 우산 뒤를 따른다.

상가 건물을 끼고 반 바퀴를 돌면 다시 어린이집 정문이다. 아마 저런 과정이 한두 번이 아니었나 보다. 아이 아빠인 듯한 키 큰 우산도 순하게 아이 뒤를 다시 따르고 있다. 정문에 닿을 때까지 아이를 설득하는 시간을 가지려나 보다. 아이를 어린이집에 보내 놓고, 저 우산 속의 어른은 출근을 해야 하는 상황인지 모른다. 한 편의 동화 같은 장면에 피식 웃음이 나면서도, 저 아이의 마음을 이만치서 읽어 보는 내 마음도 착잡하다.

오래 거주하던 곳을 떠나는 아쉬움은 누구나 느끼는 감정일 것이다. 더구나 구십이 넘은 삶의 길에서 익숙한 곳을 떠나와 낯선 곳에 다시 펼쳐야 하는 일상은, 새로운 것에 대한 기대감보다 두려움이 더 클지도 모른다. 변화된 환경에 적응하기가 쉽지 않을 것이라 생각하면서도, 노년의 외로운 생활을 안타깝게 바라보고 있었기 때문에 언니와의 동거가 거론되었을 때 적극 찬성했었다. 주거지를 옮기기로 결정해 놓고 이사를 준비하는 내내, 어머니는 불안한 심정을 드러냈었다. 들고 온 짐 정리가 거의 끝나고 몇 밤이 지나도록, 남의 집에 잠시 다니러 온 것처럼 불편한 자세다. 먼 타지에라도 와 있는 듯, 먼저 살던 곳의 그리움까지 벌써 껴안고 있다. 어린이집 가는 길목에서 저 우산 속 작은 아이의 마음이 방황하듯이, 어머니의 마음도 지금 이 낯선 공간에서 홀로 겉돌고 있다.

두 개의 우산이 상가 건물에 가려져 보이지 않으니, 이제 가느다란 빗발이 두드러지게 보인다. 더위를 씻어주는 빗줄기가 반갑지만, 모든 것은 이렇게 우리를 지나간다는 생각에 쓸쓸해진다. 그 더운 열기 속에서 힘들어하던 날들, 길고 지루했던 올해의 여름날도 다음 계절에게 자리를 넘겨주고, 이제 세월 속으로 합류하며 멀어져 갈 것이다. 우리가 세상을 등지고 은둔해 있거나, 낯선 곳에서 길을 잃고 헤매는 때도 시간은 흘러간다. 멈추어 있는 시간도 방황하는 날들도 삶의 연속이라 생각하면, 여생을 짧게 셈할 수밖에 없는 위치일수록 더욱 소중하고 아까운 시간이다.

밖을 엿보느라 너무 오래 창문을 열고 서 있었나 보다. 서늘하게 느껴져 창을 닫고 돌아서니, 어머니는 어느새 긴팔 옷으로 바꾸어 입고 있었다. 저렇게 몸이 추위를 느끼면 겉옷 하나 더 걸쳐 입듯이, 이 변화된 일상에도 서둘러 적응해서 좀 더 편안하고 외롭지 않은 날들이었으면 하는 바람이다. 지금 우산 속의 저 작은 아이도 어머니의 마음도, 낯선 환경에 익숙해지기 위한 과정, 익숙해져야만 하는 한 길목에서 배회 중이다.

이별의 길목

비가 내린다. 녹음으로 물들었던 여름의 끝에서 조용히 비가 내린다. 다시 찾아온 절기를 담담하게 맞이하는 것 같은 자세로 자연은 조용히 비에 젖고 있다. 이제 일상에서 한 발 물러나 차분한 사색의 시간을 가져보라는 것일까. 하늘도 높아지고 짙푸르게 부풀던 앞산도 몇 걸음 뒤로 물러났다. 나뭇잎들도 다가온 계절을 의식하며 서서히 떠날 준비를 하고 있을 것이다. 삶이라는 영역 안의 모두가 한 번은 지나쳐야 하는 길이다. 그 또한 삶의 과정이기에 순응하며 가야 하는 이별의 길목이다.

어디서 떠나왔을까. 어린 강아지 울음소리가 비에 젖고 있다. 멀리하려 할수록 더욱 크게 소리가 다가온다. 울부짖음에 가까운 소리가 조금 열어 놓은 창문을 비집고 들어와, 방안 가득 음울하게 고인다. 목이 아프게 우는 저 울음에 얼마나 많은 말이 담겼을까. 아무것도 모른 채 어미 품을 떠나와 홀로 저 낯선 곳에서 울고 있다. 하소연인지 두려움인지 모를 저 울음의 길은 어린 강아지가 선택한 길은 아니다. 삶은 저렇게 뜻밖의 길로 내몰리기도 하는 것이다. 그 누구도 지금 저 울음을 멎게 할 수는 없다. 어린 강아지는 서서히 체념을 배워야 하리라. 견디다 견디다가 어쩔 수 없어 울음도 슬픔도 내려놓아야 한다. 누가 가르치지 않아도 스스로 터득해 나가게 되는 길이다.

조카를 잃었다. 새파란 청춘이 어느 날 예고도 없이 갑자기 떠나갔다. 마음의 준비를 할 시간도 없이 가족들은 이별의 길목에 참담한 마음으로 서 있다. 삼십 대 나이답지 않게 어른스러워 그 넉넉하고 푸근한 마음에 나도 기대고 싶어지던 두 아이의 아버지, 젊은 그와의 이별은 어떤 말로도 표현할 수 없는 충격적인 일이었다. 생활터전이 다르기 때문에 오래도록 우리는 서로의 곁에 없었다. 하지만 지금 곁에 없다는 그 거리감은 상상할 수 없도록 아득하다. 어둠 속에 침몰해 있는 그 부모의 마음도 내가 헤아릴 수 없는 깊이일 것이다. 한동안 가족이란 이름의 울타리에 드리운 짙은 안개를 거둘 수 없었다. 애써 거두어 내려 하지 않았다. 어떤 위로의 말도 도움이 되지 않는다는 것을 알기에 모두는 침묵했다.

떠난 사람은 보내야 한다는 것을 아프게 인식하며, 이별을 받아들일 때까지 기다리기로 했다. 떠나갔다는 것을 인정해야 비로소 체념하는 길에도 설 수 있는 것이리라. 그것이 얼마만큼의 시간이 필요한지, 어떤 혹독한 마음 시련의 과정을 거쳐야 하는지 아무도 모르는 일이다. 아픔을 이겨 내려는 사람의 의지에 달려 있을 것이다.

　떠나간 사람은 잊으라고 사람들은 쉽게 말하지만, 결코 잊을 수는 없는 일이다. 잊는다는 것은 얼마나 허무한 일인가. 부재 속에서 떠난 존재를 기억하고 오래오래 추억하는 것으로, 비록 바라볼 수는 없지만 그는 영원히 우리 곁에 있는 것이다. 아직은 금기어가 되어 있는 그의 이름, 우리는 지금 덧없이 떠난 어느 청춘과의 이별을 현실로 받아들여야 하는 고된 과정 중에 있다.

　살아가면서 누구나 지나갈 수밖에 없는 이별의 길이다. 어떤 성격의 이별이건 떠나간 빈자리는 무엇으로도 채워지지 않는 암울한 공간이고, 어떤 위로의 말로도 만져줄 수 없는 상처자국이다. 살아 가장 뜨거운 눈물을 흘리는 캄캄하고도 캄캄한 길목, 그 길의 어둠을 밝히는 것은 오직 뜨거운 눈물뿐이다. 그 길목에서 지금 어린 강아지가 온몸으로 울고 있다. 낯선 환경에서 홀로 살아내기 위해 울음으로 길을 만들고 있다. 울음소리가 끌고 가는 시간, 내 하루가 그 울음에 젖고 비에 젖는다.

변명

자동차가 출렁일 때마다 물방울이 손등을 적신다. 이십 분이면 닿는 거리가 오늘따라 멀게만 느껴진다. 반듯하게 들고 있던 고개가 어느새 한편으로 기울어 있다. 조금만 참으라고 기울어지는 그것들을 한 손으로 받쳐 들고, 한 손은 그릇에 담은 물이 쏟아지지 않게 균형을 잡아주면서 길을 재촉한다. 꽃망울을 준비하고 있을 백일홍을 뽑아서 시들지 않게 뿌리를 물에 잠기게 해 놓고 가져 가는 중이다.

시골집 마당에 백일홍이 꼬마 장병들처럼 씩씩하게 자라고 있었다. 촘촘하게 서 있는 것들 중의 몇 개를 뽑아 들었다. 자리에 여유를 주게 되면 그것들에게도 좋을 일이지만, 이렇게 솎아 내는 날은 항상 미안한 마음이다. 모두가 뽑히지 않으려고 몸을 피하는 것 같아 내 손이 그들 앞에서 주춤거리게 된다.

너희들이 살기에 편하게 해주려는 거라고, 보아주는 사람도 많아 더 사랑 받을 수 있는 곳으로 가자고 제법 많은 말로 그것들을 데려가고 있다.

장마가 끝이 난 후이기 때문에 촉촉한 뿌리를 들고 가뿐하게 나서는 것도 있었지만, 아기 숟가락 크기만큼의 흙을 움켜쥐고 마지못해 따라오는 것도 있었다. 단단히 제자리를 잡고 있는 것을 건드려 미안하다는 말이 저절로 나왔다. 웬만큼 자랐으니 옮겨 심어도 별 탈은 없겠지만, 이것들 중 적응을 하지 못해 끝내 시들고 마는 것들도 있을 수 있는 일이다. 축 늘어진 그것들을 보니 봄철이면 늘 자동차에 실려 다니던 나무들이 생각난다. 나는 그 나무들의 모습을 측은한 마음으로 바라보고는 했었다.

해마다 식목일 즈음이면 자동차에 실려 어디론가 가고 있는 나무들을 많이 보게 된다. 작은 나무에서 커다란 나무까지, 마치 환자처럼 붕대를 감고 축 늘어진 채 흔들리며 가고 있는 나무들을 볼 때면 안타까웠다. 그들이 새 보금자리를 찾아가는 것인데 내 눈에는 나무들이 안쓰럽게만 보였다. 한곳에 뿌리내리고 살던 사람들을 강제 이주라도 시키는 행위 같게만 느껴지는 것이다. 내가 이런 생각을 하게 되는 것은 자연과 가까이 지내는 환경에서 얻은 결과이기도 하다.

봄철이면 오래 머물게 된 시골집에 나무가 많다. 그 나무들 중 내가 많은 애착을 갖고 마음을 쓰는 것들은 작은 나무들이다. 어디서 씨앗이 떨어졌는지 출생이 분명하지 않은 나무들이 가끔 등장을 한다. 그것들이 한 해가 다르게 자라는 것을 지켜보며 키우는 재미가 있어, 어쩌다 나타나는 그것들의 존재가 반갑기도 하다. 내가 해주는 것이라고는 주변의 풀들을 뽑아주어 그들의 존재를 알리려 하는 것뿐이니, 내가 키우는 것은 아닐 것이다. 키 큰 나무 밑이나 바위 아래 같은, 그들이 살아가기에 불리한 위치인 경우 그들에게 적당한 자리를 골라 옮겨 주는 일을 이른 봄에 가끔씩 하게 된다. 그때 그것들의 뿌리를 보면 안쓰럽고 미안하다. 가느다란 뿌리까지 얼마나 단단히 영역을 지키고 있는지, 힘주어 흙을 움켜잡고 있는 것을 보게 되면 무척 죄스럽다. 그 때문에 나무를 옮겨 심을 때는 삽으로 깊게 흙까지 파서, 최대한 뿌리를 노출시키지 않으려 하고 있다.

조심스럽게 해도 옮겨 심고 나면, 금세 이파리가 축 늘어져 있어 시름시름 앓는 소리라도 들릴 것만 같다. 며칠을 그렇게 몸살을 하다 서서히 기운을 차려 생기를 찾게 되지만, 적응을 하지 못하고 시들고 마는 것도 있다. 그럴 때마다 나무의 생을 쥐락펴락한 내 잘못을 뉘우치고는 한다.

그런 내가 지금 싱싱하게 자라고 있던 식물을 뽑아들고, 내 마음대로 다른 곳으로 데려가고 있는 중이다. 서로 어우러져 잘 자라고 있던, 씩씩한 장병들 같던 것들이 뿌리를 드러내니 지금 사경을 헤매고 있는 포로들이 되었다. 비록 좁은 집이지만 가족들과 오순도순 살고 있는 아이들 중 몇을 강제로 데려가는 것 같아 마음이 개운하지 않다. 사람도 사는 곳을 옮기면 익숙하지 않은 새 환경이 낯설어 한동안 적응기간이 필요한 것처럼, 이것들도 견디어 내려고 얼마나 많은 날들을 고통 속에서 살게 될까. 자연도 생명을 가진 것들이라고 그들 삶도 존중해야 한다고 입버릇처럼 말하던 나였다. 그런 내가 가까이에 두고 꽃을 보려는 욕심에 지금 이 여리고 여린 삶들을, 내 마음대로 끌고 나와 억지의 길을 가고 있는 것이다.

정말 눈이 내리기는 한 것일까

눈이 내린다. 한동안 무겁던 하늘의 침묵이 하얀 눈송이로 흩날린다. 오랜만에 내리는 눈발이다. 시린 손을 입김으로 덥히면서도, 예년과 다르게 겨울은 춥지도 않고 눈도 내리지 않는다는 말을 자주 했었다. 그냥 또 음울한 날씨로 하루가 저무나 보다 생각했는데 오후에 눈이 내린다. 나무의 실가지를 슬몃슬몃 스치는 눈발을 바라보다, 잠깐 차 한 잔을 준비한다고 돌아섰던 것인데 너무 오래 밖을 외면했나 보다. 창 앞에 다시 섰을 때 눈은 그쳐 있었고, 어디에도 눈이 내렸다는 흔적이 없다. 눈송이를 맞이하려 환호했을지도 모를 창밖의 모든 것들의 허무를, 창안에 서 있는 내가 느낀다.

가슴 저 밑바닥 깊이에 두었던 추억 하나가, 어느 날 저 눈송이들처럼 조심스럽게 기억의 문을 두드렸다. 봄꽃이 화사한 길에서, 짙은 녹음으로 풍성한 숲길에서, 화려하게 한 시절을 마무리하는 계절의 길목에서 문득문득 동행하던 그리움이었다. 언제나 기지개처럼 일어나 거기 어디쯤의 존재를 어련히 느끼게 했지만, 마음으로만 긴 안부를 전해볼 뿐 건드리고 싶지 않은 추억이었다. 갑작스러운 그 노크 소리에 당황하면서도, 오랜만에 설렘이라는 단어를 마주했다. 예상하지도 못한 설렘은 자신을 낯설게도 했다. 잔잔한 수면 위에 일어난 생각하지도 못한 파문이었다. 가슴 저 밑의 고요가 한 순간에 요란하게 무너지고 있었다. 내 안에 아직도 이토록 푸르른 청춘이 도사리고 있었다는 것을 느끼는, 서글픈 시간이기도 했다.

　오랜 기억 전부를 헤집어가며 나는 얼마나 뒤척거렸던 것일까. 거울 앞에 섰을 때 나는 다시 현실의 내가 될 수 있었다. 그 여인은 없다. 청춘의 그녀는 지금 없는 것이다. 그 시절은 오래 전에 지나가버렸고 영원히 다시 돌아올 수 없는 날들이라는 것을, 거울 속의 나이 든 여인이 가혹하도록 일깨워 주었다. 기억 속에서 언제나 젊은 우리를 살게 두자고, 추억이 지닌 빛깔이 어떤 것이건 그런 채로 저장해 두자고 설렘을 다스렸다. '첫사랑 그 소녀는 어디에서 나처럼 늙어갈까' 라는 어느 가수가 부른 노래의 한 소절, 그 노랫말처럼 드문드문 생각날 때 세월을 가고 있는 모습을 떠올려보며 나도 그렇게 그의 기억 속에만 있고 싶었다.

　추억은 추억이어야 한다고, 조심스런 노크 소리를 듣고도 안 들은 듯 오래 침묵했다. 나의 긴 침묵이 답이라는 것을 알았을까. 더 이상 머뭇거리지도 서성거리지도 않고 노크 소리는 멈추었다. 내 기억의 창고를 모두 헤쳐 놓고 내가 바라던 위치로, 망설이듯 흩날리다 종적을 감춰버린 저 눈송이들처럼 갔다. 추억은 다시 예전 그 자리로 헤매지 않고 잘 돌아갔을까. 내 침묵을 이해했으리라고 믿고 싶었다. 그런데 이 허전한 마음은 무엇일까. 어쩌면 오래도록 서성거리기를 기대했던 것은 아닐까. 오래된 기억의 문을 두드리는 일이 결코 쉽지는 않았을 것이라고, 그 용기에 나도 성의로 답은 했어야 했다고 출렁거리던 시간보다 더 오래 나를 고문했다. 추억마저 모두 지워진 것처럼 마음의 방이 휑하니 빈 것 같다. 이제 기억 속의 젊은 그를 세워 놓고 이별의 악수를 청해야 하나 보다. 정말 나는 그의 노크 소리를 듣기는 한 것일까. 되짚어 보는, 어질러 놓은 기억의 숲이 가뭇해진다.

　하늘은 잿빛 구름이 점점 엷어지며 밝아지고 있다. 아무 일도 없었다는 듯, 구름 사이로 푸르스름한 하늘 속살까지 조금씩 보여준다. 오랜만의 눈송이에 잠깐 들썽거렸을 나무들도 다시 침묵의 자세로 돌아갔다. 아닌 듯 스쳐 간 것이 남긴 허무의 여운으로 오후가 덧없이 저문다. 슬며시 건드려 놓은 마음 자리의 파문을 다시 다스리며, 오래 창밖을 바라보며 생각한다. 정말 눈이 내리기는 한 것일까. 올려다본 하늘에, 아무 일도 없었다는 듯 희뿌연 구름들이 흩어져서 천천히 그들의 길을 가고 있었다.

04

다시 쓰는 편지

아름다운 것들의 아름다움을 더욱 크게 느끼게 되니,
그동안 인색하도록 사용하지 못한 내 안의 느낌표를
남발하게 됩니다

커피 한잔 하실래요?

서성거리는 나를 느꼈는지, 정원수를 손질하던 옆 건물의 남자가 영업을 시작했다고 말해줍니다. 길옆에 예쁘게 걸린 상호에서 그윽한 커피 냄새를 미리 마신 내가, 문을 연다는 시간이 아직 10여 분 남은 카페 안을 들여다보았기 때문입니다. 카페 안에 아직 커피 향기도 음악도 없습니다. 준비 중이라는 바리스타 여인의 말에 늘 앉던 창가 자리에 앉아 기다렸지요. 드디어 음악이 흐르고 찰랑찰랑 넘칠 듯 담긴 카페라떼가, 품위 있는 향기를 풍기며 내 앞에 놓여졌습니다. 커피 한 잔, 내가 놓을 수 없는 것 중의 하나가 커피 한 잔의 이 고독한 여유입니다.

내 집 가까이 카페 하나 있었으면 좋겠다고 몇 년 동안 입버릇처럼 말하곤 했는데, 마침맞게 아주 조용하고 아늑한 작은 카페가 생겼습니다. 건물을 리 모델링하는 동안 마치 내가 창업을 하는 것처럼, 기대와 설렘으로 지루한 기다림을 했었답니다. 그리고 오전 시간의 한적한 고독을 누리기 위해 빈번하게 드나들었습니다. 아직 입소문이 퍼지지 않아 카페 안은 늘 한적합니다. 나는 그 조용한 분위기를 즐기고 싶어 아무도 오지 않았으면 하는 바람을 하는 날이 있습니다. 아름다운 창밖 풍경을 감상하며 느긋하게 앉아 있고 싶은데 마음은 분주합니다. 생각을 나열해 보고 싶은 충동 때문이지요. 습관처럼 펜을 들게 되지만 펼쳐 갈 사유와 필력이 부족하니, 내가 나를 고문하는 시간이기도 합니다.

지금 카페 안에 종업원과 음악과 나뿐입니다. 귀에 익은 클래식 음악이 낮게 흐르고 있고, 종업원은 유일한 손님인 나를 위한 서비스를 하는 것 같아, 나는 한껏 고귀한 손님이고 싶어집니다. 소음도 없이 자동차가 지나가고 바쁜 걸음의 사람이 발소리도 없이 지나가는, 작은 창문은 수시로 바뀌는 그림입니다. 몸집이 큰 느티나무 밑이 붉은 낙엽으로 덮였습니다. 낙엽 한 잎 질 때마다 약속처럼 무슨 다짐처럼 나는 식은 커피잔을 듭니다.

붉게 노랗게 물든 나무들의 고운 자태는, 보고 또 봐도 아름다운 풍경을 만들고 있습니다. 나무 아래서 한참을 서성이기도 하고 몇 발 물러나서 나무를 그윽한 눈으로 올려다보는 저 어느 길손도, 이 가을의 아름다움을 그냥 지나칠 수 없나 봅니다. 해가 갈수록 아름다운 것들의 아름다움을 더욱 크게 느끼게 되니, 그동안 인색하도록 사용하지 못한 내 안의 느낌표를 남발하게 됩니다.

아름다운 가을에 부드러운 음악과 커피를 곁들이니 당연히 그대 생각이 납니다. 하지만 그대와 함께 있다면 이 찬란한 고독을 유지할 수는 없겠지요. 그대의 말끝에 후렴도 붙여야 하고 고개도 끄덕거리는, 착실한 청중이 되어야 하니 침묵을 고집할 수는 없을 것입니다. 내 일상에서 최고의 사치인지도 모를 카페의 시간과 커피 한잔, 어느 것의 비중이 크냐고 언젠가 그대가 나에게 질문을 했었지만 여전히 답을 모르겠습니다.

창밖의 풍경에서 낙엽 한 잎 스르르 졸음처럼 집니다. 이제 곧 더는 견딜 수 없다는 듯이, 저 곱게 물든 나뭇잎들이 우수수 낙엽이 되는 날이 오겠지요. 그때가 되면 따뜻한 카페라떼 한잔으로 떠나간 계절의 발자국을 돌아보는 쓸쓸한 관객이 되어 있겠습니다.

창밖에서 아름답고 고즈넉한 풍경이 되어주던 길 위에, 이제 나도 그 풍경 속의 하나가 되어 일상으로 돌아가야 할 시간입니다. 두고 온 연인처럼 커피 한잔의 여유가, 커피향으로 흐르는 이 적요의 공간이 금세 또 그리울 것입니다. 얼마 지나지 않아, 보도 위에 쌓여가는 낙엽을 핑계로 또 하나의 나에게 카페의 시간을 허락받을 것이며, 마치 세상에서 숨어들 듯 이 작은 카페의 고독한 손님으로 이 자리에 앉아 있을 것입니다. 지금도 순간순간 뚜벅뚜벅 걸어가고 있을 이 가을이 저 창밖을 다 지나가기 전에, 그대여 이 작은 카페에서 커피 한잔 하시겠습니까?

별일 없으신가요?

　　전화로 안부를 물을 때나 오랜만에 만난 사람한테 건네는 인사로, 별일 없느냐는 말을 우리는 많이 하는 편이다. 그동안 무슨 일이 있었는지 알아보려는 것이 아니라, 그저 형식에 지나지 않는 인사의 말이다. 정말 하루하루를 별일 없이 산다는 것이, 얼마나 감사한 일인가 새삼 생각해 보는 날이다.

　　봄 내내 시골에서 지내고 있는 나에게, 집에 다녀온 남편이 어느 가족의 부음 소식을 전해줬다. 전혀 믿을 수 없는 그 소식을 전하는 남편에게, 제대로 알고 전하는 것이냐고 핀잔을 하기도 했다. 그 젊은 사람이 그럴 리가 없다고, 잘못 전해진 말이라고 나는 극구 부정했다. 남편도 믿어지지 않는지 누군가에게 전화로 재확인을 했지만 그것은 사실이었다. 오래 이웃하며 지낸 사람이라 남의 일 같지 않았다. 아무것도 손에 잡히지 않았다. 하루가 깊은 나락으로 내려앉는 느낌이었다. 이제 나이 오십을 갓 넘겼을 텐데, 아니 나이와 상관없이 안타깝다고 혼자 중얼거리기도 하며 온통 마음이 그 소식에서 빠져나오지를 못했다. 갑작스런 비보를 접한 그 남은 가족은 어쩌느냐고, 얼마나 혼란스러울까, 내가 어떻게 해 줄 수도 없으면서 이런저런 생각에 몰두하다가 울적해져서 마당으로 나왔다.

마음이 어수선할 때면 잔디 속 풀을 골라내고 싶어진다. 심란한 마음 다스리는 것에 이만한 방법이 없다는 것을 오래전에 터득했다. 봄도 이제 기우는 시기여서 제법 자란 풀들이 우뚝우뚝 잔디 속에서 눈에 띈다. 호미로 파고 손으로 뽑아내는 일에 열중해 있는데 어디서 또 호미 소리가 난다. 옆집 아주머니도 언제부턴가 텃밭에 나와 있었나 보다. 다른 날 같으면 먼저 말을 건네오는 아주머니가 오늘은 아무런 말이 없다. 지금 아주머니의 마음도 심란하다는 것을 나는 안다. 막내아들이 아프다는 말을 며칠 전에 아주머니를 통해 들었다. 아픈 자식을 위해서 해줄 수 있는 것 없이, 지켜보고만 있어 무척 안타깝다고 했다. 지금 저분도 텃밭을 손질하며 복잡한 마음을 다스리고 있을 것이다. 안부와 격려의 말도 전혀 도움이 되지 않을 것이기에, 나도 없는 듯 조용히 있기로 했다.

길고양이가 지나가다 사료 그릇 앞에 멈추어 섰다. 어느 동물이거나 지나는 길에 허기를 달래라고, 언제나 담아 놓는 사료를 눈칫밥 먹듯 하고 있다. 돌봐주는 누구 없이 홀로 이 험한 세상에서 별일 없이 살아가고 있는 것을 보면 대단하게 느껴진다. 저런 동물들을 만나면 측은해서 무엇으로 사는가 생각하다가, 또 나는 무엇을 위해 사는가 하는 문제까지 이르게 되곤 한다. 말없이 텃밭 일에 몰두하고 있는 아주머니는, 지금 무슨 생각을 하고 있을까.

참새들 소리가 간간이 호미질 소리에 섞이고, 땅 속의 것들 때문에 조심스럽게 잡초를 골라 낸다. 잡초가 어디 있겠는가. 모두 이름을 가진 것들이고 자연 구성원의 하나이다. 하지만 여기는 잔디가 먼저 자리 잡은 영역이니 추방하는 것이라고, 나름 내가 하고 있는 일에 타당한 이유를 만들고 있다. 아주머니와 나는 녹음으로 우거진 쥐똥나무 울타리를 사이에 두고 거친 호미질 소리만 내고 있다.

풀 한 포기 뽑을 때마다 흙 속에 애벌레가 보인다. 은둔이 드러난 것을 느끼는지 몸을 움츠리기도 하고, 꼼지락거리며 흙 속으로 숨으려고 한다. 그럴 때마다 미안하다고 사과하며 흙 속에 다시 묻어 주기를 반복하지만, 그들의 평화와 안전이 다시 지켜질 수 있는 것인지 모르겠다. 살려고 버둥거리는 그 작은 것들의 움직임을 보면 죄스럽기만 하다. 그들 모두는 무언가 되기 위해 성장해가는 과정일 것이다. 8년이란 눈물겹도록 긴 시간을 땅속에서 지루한 기다림을 한다는, 매미의 애벌레는 아닌가 하는 생각에 가슴이 철렁 내려앉기도 한다.

나와 같은 이런 행위 때문에 숱한 삶들이 허무하게 꿈을 포기해야 하는 사고도 많으리라. 난폭 운전을 방어하지 못해서 목숨을 잃어야 하는, 사람 사는 세상과 다를 것이 없다. 이 세상이 전투 같은 삶의 현장을 이겨내는 사람의 것이듯, 그들도 여러 위험한 순간을 피하고 살아남은 것들만이 자연에 합류할 수 있는 것이다.

이제 그 이웃을 만나야 한다. 무슨 말을 어떻게 할 수 있을까. 현실감을 느끼지 못한 채 덩그러니 홀로 남겨진 그녀를 만나면, 아마 내가 먼저 눈물을 보일 것 같다. 우리 가는 길에 때때로 거쳐야 하는 괴로운 과정 중의 하나이다.

평소에 입버릇처럼 가볍게 인사하는 '별일 없으세요?' 하는 그 심심한 말에 담긴 소중한 의미를 진지하게 생각해 보는 날이다. "그대! 별일 없으신가요?"

바람으로 전해 보는 안부

유모차에서 칭얼거리던 아이가, 제 어미의 등에 업히니 금세 조용해진다. 글썽거리던 눈물이 마르기도 전에 단잠이 들었다. 누워서 편하게 잠들 수 있는 곳을 두고도 엄마의 좁은 등이, 아이에게는 가장 아늑하고 편안하게 느껴지는가 보다. 작은 등에 기대어 불편한 자세로 잠이 든 아이와 등을 내준 가냘픈 어미, 그 한 몸이 되어 있는 둘의 모습이 애틋하다. 그들 뒤를 따르다 보니 벌써 그리움으로 자리한 어느 가족의 안부가 궁금해진다.

맑고 푸른 호수 위였다. 낯선 사람들과 귀에 선 언어들과 낯선 건물들, 모두가 낯선 곳을 걷고 있는 사람에게 자연은 거리감이 느껴지지 않아, 쉽게 친해질 수 있는 유일한 존재다. 혼자가 아닌데도 문득문득 쓸쓸해지는 나그네에게, 맑은 물결은 먼저 조곤조곤 말을 걸어왔었다. 같은 언어를 쓰는 동족이라도 만난 듯 자주 눈을 맞추며 걸었다. 눈이 부시도록 맑고 잔잔한 호수 위에서, 여러 마리의 오리들이 물결에 몸을 맡긴 채 유유히 흘러다니고 있었다. 그림 같은 풍경에 연신 감탄을 하며 걷는데, 호수 가장자리에서 홀로 떠다니는 오리 한 마리에게 눈이 갔다. 무리에서 벗어나 혼자라는 것은 무슨 까닭이 있을 거라고, 낯선 길을 가는 마음에 그 외로워 보이는 모습이 확대되어 들어왔다. 하지만 그는 혼자가 아니었다. 그 옆에 내 주먹 크기만큼의 작은 아기 오리가 한 몸처럼 붙어 다니고 있었다.

아기가 있는 모습은 언제나 어디서나 신비스럽고 정겹다. 더구나 말 못하는 동물들이 새끼를 돌보는 모습은 사람들의 일보다 더욱 진한 감동을 준다. 가던 걸음을 멈추고 그들 흐름을 한동안 눈으로 따라갔다. 물 위를 걷는 방법을 알려주고 있는 것인지, 앞으로 아기오리가 나가야 할 세상에 대한 정보를 알려주고 있는 것인지, 무언가 조곤조곤 가르침을 주고 있는 것 같은 그 모습에서 한동안 눈을 뗄 수가 없었다.

어렸을 적 내 어머니가 그렇게 한 것처럼, 내 아이들에게 내 손녀에게 그러하듯이 어떤 당부며 주의할 것들을 일일이 일러주고 있는 것 같았다. 그래서 안전한 호수 가장자리에서만 빙글빙글 돌고 있는 것이라고, 애틋하고 아름다운 모습의 그들에게 한 발 더 가까이 다가갔다. 그때 갑자기 어미오리가 몸을 조금 낮추더니, 무슨 신호라도 받은 듯 아기오리가 어미 등으로 올라갔다. 납작 엎드려 마치 혹처럼 불거져서 아무 일도 없었다는 듯, 다시 조용히 물이랑을 건너 다녔다. 아기오리가 '엄마 힘들어요' 라고 말을 했을까, 아니면 어미가 '이제 피곤할 테니 등에 업히라'고 한 것일까. 가슴이 뭉클해지는 그 정경에 바라보던 나는 눈시울이 뜨거웠었다. 어미이기에 아기오리의 말 없는 말을 알아 듣고 등을 내주었으리라. 세상의 모든 어미라는 존재는 같은 마음이었다. 모두 그렇게 어린 것을 길렀을 것이다. 모든 어머니는 자식 앞에서 한없이 낮아지고 위대해지는 이름이었다.

호수의 중심으로 나가지 않고 가장자리에서만 잔잔한 파문을 그리며 흘러 다니던, 그 모습에서 나는 쉽게 떠나지를 못했다. 오래 지체할 수 없는 여정의 한 길목인 것도 잠시 잊은 채 한동안 그 정경을 감상하던 이방인에게, 스위스에 남긴 숱한 감탄의 느낌표 중에서 가장 먼저 떠오르는 잊지 못할 풍경으로 남았다.

아기를 등에 업고도 그 무게를 전혀 느끼지 못한다는 듯 사뿐사뿐 걸어가는 여리고 가냘픈 내 며느리 뒤를 따르면서, 어쩌면 어미의 체온을 느끼며 곤한 잠이 들었을지도 모르는 그 아기오리의 편한 숨소리를 지금 다시 듣는다. 무엇에 비할 수 없이 사랑스럽고 아름다운, 생각할수록 가슴 따뜻해지는 정경이다. 아기를 등에 업고 나직나직 자장가를 부르는 어미의 모습이 거기에도 있었다.

그 아름답고 눈물겨운 풍경을 몽페르의 호수에 두고 온 지 두 달이 지났다. 관심 있게 들여다보지 않으면 눈에 들어오지 않던 그 아기오리는 얼마나 자랐을까. 어미와는 얼마만큼의 거리를 두고 홀로서기에 나섰을까. 다른 오리들과 더불어 그들 사회에 잘 적응하고 있는지, 어디에도 그들 소식을 물어볼 수는 없다. 하지만 지금도 내 환한 기억 속의 그들 안부를 틈틈이 궁금해하고 있는 중이다.

길에서 쓰는 편지

작은 하늘 아래의 아담한 마을에서 돌아보니, 여기까지 걸어온 길이 아득해집니다. 작은 재라 이름 붙여진, 하지만 이름과는 달리 아주 큰 고개 하나를 넘어와, 지친 몸을 가탄마을의 그늘에 앉혔습니다. 일부러 보려 하지 않아도 마당만 들여다보이는 집집마다, 울타리 안과 밖에 추수한 것들이 널려 있고, 나뭇가지가 휘도록 열려 있는 감들이 붉게 물들어 가고 있습니다. 이 풍요롭고 여유로운 풍경들은 며칠 함께 했는데도, 바라보면 여전히 가슴을 설레게 하는 것들이지요. 지리산 둘레길에 고맙게도 길을 내준 평화로운 마을을 지나는 중입니다.

언젠가 한번은 꼭 나서 보리라 여기면서도 선뜻 나설 수 없던 길이지요. 몸이 마음을 따라주지 못하니, 일행들에게 짐이 될지도 모른다는 부담감이 늘 주저앉게 했습니다. 할 수 있다는 나와 할 수 없을 것 같다는 나를 수없이 견주어 보다, 하면 된다고 스스로에게 힘을 실어주면서 어느 하루 짐을 꾸렸습니다. 그렇더군요. 하면 되더군요. 끝이 보이지 않는 오르막길도 숨이 가쁘게 오르고, 힘겹게 오른 거리만큼의 내리막길도 걸었습니다. 온통 바위로 덮인 산에도 수많은 사람들의 발자취가 길을 만들어 놓고 있었습니다. 얼마나 많은 사람들이 생각을 이고 그들 삶의 무게를 지고, 이 넉넉하고 풍요로운 풍경 속의 하나가 되어 이 길을 걸어갔을까요. 언젠가 다녀갔다는 그대의 발자국에 내 발자국이 포개지는 한순간도 있을 거라 생각하며, 나도 그렇게 며칠 길 위에 있었습니다.

일행들과 적당한 거리를 유지하며 나는 언제나 혼자였습니다. 외로움은 오랜 나의 친구입니다. '외로움은 견디는 것이라고, 사람은 본질적으로 외로운 존재라고, 외로움에 익숙해져야 비로소 외롭지 않다'는 어느 심리학자의 말을 빌리지 않더라도, 언제부턴가 조금 외로운 그 시간이 나는 편하게 느껴졌습니다. 가능하면 혼자 걷고 싶었습니다. 걷다가 힘들면 바위에 걸터앉아 산 속을 들여다 보았지요. 지리산의 속살은 넓고 깊고 푸근합니다. 가만히 눈을 감고 산의 소리를 듣기도 합니다. 바스락바스락 소리에 돌아보면 다람쥐가 낙엽을 밟고 가는 소리, 바람의 발소리, 새들이 나무를 건너다니는 소리들입니다. 눈을 감고 있으니 온통 소리들뿐이지요. 내가 숲을 밟고 지나가는 소리는, 산의 가족들에게 얼마나 커다란 소음으로 들릴까요. 마른 낙엽들로 부풀려진 내 걸음이 고요를 흔들어 놓았을 것 같아, 그들에게 미안하기도 합니다.

하루를 걸어도 어쩌다 한두 사람 스쳐 갈 뿐, 고요와 적막을 밟아가는 길입니다. 고고하게 서 있는 나무들, 길손을 위한 응원처럼 길섶까지 나와 나란히 피어있는 산국화들, 발에 스치는 작은 돌 하나까지 모든 것과의 이 짧은 만남이 소중하게 느껴집니다. 언제 다시 만날 수 있을지도 모르는, 내가 스치고 가는 모두에게 아쉽고 고마운 마음의 표현으로 짧은 눈인사를 남깁니다.

오래전부터 나는 자연 감상하는 것을 좋아했습니다. 자연 속 하나가 되고 싶었습니다. 유년기의 기억이 기초가 되어 늘 자연과 더불어 지내고 싶었지요. 특히 감나무는 나를 자꾸만 불러 세웁니다. 붉게 물들어서 산과 들에서 내 이름을 부르는 것 같아, 그들 모두를 간섭하느라 마음이 분주했습니다. 기억 속에 늘 품고 사는 그리운 풍경 안에 있으니, 다시 옛날로 가고 싶고 어린 예전의 나로 돌아간 착각도 하게 됩니다.

나뭇가지가 휘도록 달린 감나무 아래 허리가 구부러지지 않은 젊은 어머니가 보이고, 대학생인 오빠도, 바구니를 들고 있는 작은 여자아이도 보입니다. 어머니는 잘 익은 홍시를 찾아내고, 오빠는 주머니가 달린 바지랑대로 홍시를 따서 아래로 내리면, 작은 여자 아이는 조심스럽게 꺼내 망태기에 담지요. 단내가 물씬 풍기는 연시는 금방이라도 터질 듯합니다. 그러다 실수로 떨어뜨리면 바닥은 꽃잎 떨어진 자리처럼 붉은 물이 들지요. 나무 아래는 가을이 다 가도록 붉은 얼룩이 지워질 날이 없지요. 눈앞의 감나무들은 지금 그 시절을 다시 아름다운 그림으로 펼쳐 놓고 있습니다. 감나무가 있는 마을은 하나같이 모두 그냥 지나칠 수 없는 정겨운 이야기입니다. 그것들을 모두 읽느라 마음은 바쁘지만 걸음은 한결 느긋해집니다.

걸으며 생각합니다. 우리가 여럿이 함께 어울려 세상을 살아가고 있지만, 결국은 혼자 가고 있다는 것을 다시 돌아봅니다. 아무리 힘들고 지쳐 있어도 산 아래 마을이 있는 곳에 닿아야 우리에게 휴식이 주어지는, 돌아갈 수도 그 자리에 주저앉을 수도 없는 지리산 둘레길은 우리 삶을 다시 생각하게 합니다. 가파르고 길고 먼 고개를 누가 대신 넘어 줄 수 없는 일이듯, 내 삶이 험난하고 고되어도 그 길은 내가 갈 수밖에 없는 길이지요. 힘들다고 못가겠다고 버틸 수 있는 길이 아니기에, 우리는 하루하루 꾸준히 우리의 길을 가고 있는 것이라고, 걸으면서 새삼스럽게 나의 길을 생각합니다.

조용한 마을에 앉힌 휴식을 어루만지며 바람이 지나갑니다. 이 아름다운 풍경 속을 흔적도 없이 스쳐 가는 나 또한 한 줄기 바람이겠지요. 인적없는 고요한 마을에 고마운 인사를 놓고 또다시 길 위에 섭니다.

사소한 것의 소중함에 대하여

투둑투둑 소리에 내다보니 반가운 비가 내리고 있다. 창가에 바싹 다가와 있는 살구나무 잎을 타악기처럼 두드리며 빗방울이 떨어지고 있었다. 비가 내릴 거라는 예보는 있었지만 그 소식에 기대를 하지는 않았다. 며칠 전에도 단비가 내린다는 소식에 기다렸지만 비는 한 방울도 내리지 않았기 때문이다. 딱딱하게 굳은 흙을 딛고 서 있는 나무들과, 푸석거리는 흙 속에서 피워 놓은 꽃들의 갈증을 내가 느끼는 날들이었다. 언제 비가 내렸는지 기억도 나지 않는다. 흡족하게 대지가 젖도록 봄비 한 번 내린 적 없이 여름으로 들어섰으니, 저 빗방울이 반가울 수밖에 없다.

제발 나무들의 발이 푹 젖도록 내려달라고, 고개 숙여 하늘에 부탁해 본다. 망설이는 걸음처럼 몇 방울 떨어지다 멎기를 반복하더니, 제법 우산을 들어야 할 만큼 빗줄기를 만들고 있다. 예전 같았으면 비에 젖을까 서둘러 손을 대던 것들이지만, 오늘은 그 주변의 잔디와 나무들이 한 방울이라도 더 젖게 하려고, 의자를 치우고 파라솔을 접는다. 얼마나 단맛으로 스며들지 바라보고 서 있는 내 입안도 축축해지는 느낌이다.

모내기를 했는데 거북이 등처럼 갈라진 물 한 방울도 없는 논을 보며 속이 타들어간다던 어느 농부도, 심어 놓은 채소들이 잎이 타서 안타깝다던 그분도 지금 논밭으로 달려 나갔을 것이다. 그런 생각을 하다 새삼 저 빗방울 하나도 그냥 흘려보내는 것이 아까워, 물을 담을 수 있는 큰 그릇들을 처마 끝에 놓아두었다. 타닥타닥 소리가 첨벙첨벙 점점 둔탁한 소리로 변해가며 물이 고인다. 저렇게 논에도 저수지에도 물이 가득 차올랐으면 하는 마음이 간절해진다.

수도꼭지만 열면 필요한 양만큼의 물을 언제나 사용할 수 있으니, 가뭄이라는 현실을 잘 느끼지 못했었다. 꽃밭에 물을 주면서 푸석거리는 흙을 손으로 만질 때 비가 좀 내려야겠다는 생각을 했지만, 내 일상에 큰 불편이 없으니 가뭄의 심각성을 받아들이지 못하고 있었다. 며칠 전 근처 산길을 걷다 물의 흔적조차 사라진 채 바닥을 드러낸 계곡을 보고 온 뒤부터, 심각한 가뭄이라는 것을 절실하게 느끼게 된 것이다.

항상 물줄기가 마르지 않던 계곡은 바위들이 허연 몸을 드러내고, 뜨거운 햇살에 몸을 굽고 있었다. 그 물이 삶의 터전이던 것들은 어디로 갔을까. 그곳에 기대 살던 모두의 행방을 궁금해하다가, 그 상황이 우리에게 닥친다면 어떻게 살아야 하는가를 생각하게 되었다.

언젠가는 우리나라도 물 부족 국가가 된다고 한다. 그 생각을 하면 두렵다. 수도꼭지만 틀면 언제든 원하는 만큼의 물을 얻을 수 있는 이 편한 생활에 길들여져 있는데, 불편함을 어떻게 견디게 될지 생각만으로도 아득해진다. 내가 겪지 않는다 해도 내 아이들이, 그 아이들의 아이들의 세대에 그것이 현실로 닥친다면 어쩌나 하는 생각에, 물의 소중함을 문득문득 느끼게 된다.

친정어머니가 물을 가늘게 흐르게 해 놓고 설거지를 할 때마다 보기 답답해서, 크게 열어 놓으면 어머니는 "이 아까운 물을" 하는 말을 입에 달고 살았다. 우물에서 물을 길어다 쓰며 시골에서 반생을 보낸 어머니는, 수돗물을 지극히 아끼는 습관이 있었다. 설거지를 하는 어머니 옆에서 별것을 다 아낀다고 타박을 하던 내가, 요즘 그 모습을 닮아가고 있다. 장맛비가 내리면 개울을 넘치게 하고 두려울 만큼 강폭을 늘려 놓던, 흔해서 별것 아니라 여기던 것의 소중함을 새롭게 인식해 가고 있다. 나 혼자 물을 아껴서 쓴다고 해결되는 것도 아니지만, 나는 우리 아이들 또 그 아이들의 아이들을 생각해서 물을 아껴쓰는 운동에 참여하자는 생각이다. 친정어머니가 설거지할 때처럼, 아주 가늘게 수도를 열어 놓고 쓰는 연습을 하는 중이다. 내가 아낀 물이 먼 후일에 누군가에게 소중한 한 모금의 생명수가 될지도 모른다 생각하면서, 나 하나만이라도 최대한 아껴서 쓰기로 했다.

극심한 가뭄이 해결될 만큼의 비의 양은 되지 못할 거라는 예보는 있었지만, 그래도 비를 애타게 기다리던 농부의 마음이 되어 조금만 더 내려달라고,

조금 굵어진 빗줄기들을 눈으로 따라다니며 빌어본다. 축축하게 젖어가는 논밭을 보는 그 타던 가슴들도 젖고 있을 것이다. 창밖의 나뭇잎들이 뒤척거리며 오랜만에 구석구석 몸을 적시고, 멀리 풍경도 말갛게 씻기고 있다.

오래된 교회

가끔 지축역에 서게 되는 날이 있다. 전철을 타고 지축역에 내려, 마을버스를 이용해서 여행하듯 혼자 시골집에 가곤 한다. 언제부턴가 주변의 모든 것들이 무너지고 있었다. 정든 집을 남겨두고 사람들이 떠나가고, 온갖 채소들을 오밀조밀 키우던 논과 밭도 씩씩하게 자라던 나무들도 사라져 갔다. 아무데서나 일어나던 들풀들도 이젠 뿌리 내릴 수 없도록, 흙의 상처만 붉게 드러나 있다. 산허리까지 다가와 있는 개발이라는 계획에 밀려 그들은 떠나갔다. 모두 사라져 광활한 폐허처럼 변해버린 이곳에, 언젠가는 또 하나의 낯선 도시가 건설될 것이다. 그 개발지를 마주할 때면 이 자리에서 눈에 들어오지는 않지만 산 아래 낮은 언덕에 자리한 작은 교회, 유일하게 남아 있는 붉은 지붕의 오래된 듯한 그 건물의 안부가 궁금해진다.

외국 관광지의 명물이 되는 것들은 거의 오래된 교회와 성당의 건물들이었다. 그것들을 볼 때마다, 우리가 오래 지니고 있어야 했는데 지키지 못한 것들을 생각했다. 내 주변의 것과 멀게는 여러 지방의 역사를 품은 건물들을, 오래되고 낡았다는 이유로 그 세월의 흔적을 너무도 쉽게 지웠다는 것을 돌아보게 된다. 건물이 지니고 있는 오랜 역사는 무시한 채, 부수고 새로 건축하는 도시의 많은 건물을 볼 때마다 안타깝다. 그 작은 교회가 걸어온 역사를 나는 알지 못한다. 웅장하고 세련된 외형을 지닌 다른 교회 건물과는 비교도 되지 않게 아주 작고 초라하지만, 그 건물이 지닌 세월만큼의 많은 이야기를 품고 있을 것이다. 언덕 위에서 모두 떠나간 빈터를 내려다보며 홀로 남아 있는 작은 교회는, 나의 아련한 기억 속에서 가끔 꿈인 듯 흐릿하게 펼쳐지는 어느 한때를 생각나게도 한다.

산 아래 오솔길을 따라가면 숲속에 있던 작은 교회당, 일요일이면 마을 사람들은 단정하게 차려입고 오 리 길을 걸어 나들이 가듯 그 교회로 향했었다. 그곳이 무엇을 하는 곳인지도 모르면서 친구하고 몇 번 어른들을 따라갔다. 무언지 모를 신비스런 분위기에 까치발로 들어서면 다정한 웃음으로 반겨주던 낯선 사람들, 평소 거칠고 커다란 목소리의 어른들이 놀랍도록 부드럽게 말을 하며 다소곳이 두 손을 모으던 모습, 온몸을 나른하게 감싸주며 자꾸 착해지고 싶게 만들던 풍금소리, 숲이 일으키는 것 같던 은은한 종소리, 그리고 그곳을 나올 때면 우리들 손에 하나씩 들려져 있었던 작은 선물, 이것이 그 교회당에 대한 기억 전부이다. 저쪽 산 아래의 언덕 어디쯤 홀로 남아 있는 작은 교회 건물을 볼 때마다, 한 줌도 되지 않는 그 기억이 새록새록 눈앞에 펼쳐지고, 기억 속의 그곳도 저런 모습이었던 듯 여겨지는 것이다.

지하철에서 내려 마을버스를 타고 그 교회 근처를 지날 때면, 차창 너머로 교회 건물을 올려다본다. 붉은 지붕 위의 십자가는 내려지고 지금은 아무도 드나들지 않지만, 그 건물이 그대로 남아 있는 것을 바라볼 때마다 나와 전혀 무관한 일인데도 안도의 한숨을 내쉬곤 한다. 주변의 주택들은 모두 흔적도 없이 사라지고, 출입금지라는 팻말 저쯤 뒤에, 유일하게 남아 있는 작고 아담한 건물에서 시간이 정지된 느낌이다. 마치 그곳은 자기들이 지키겠다는 것처럼 담쟁이 넝쿨이 벽면의 전부를 덮고 있었다. 그곳을 드나들며 두 손을 모으고 기도하던 사람들은 어디로 갔을까. 그들에게 살아가는 힘이 되고 이유가 되었을지도 모를 작은 교회당, 어디선가 십자가 앞에 무릎을 꿇고 그 교회의 오랜 안녕을 기원하고 있을 것이다. 그곳의 삶을 허락받은 오래된 소나무 몇 그루가 물끄러미 흘러가는 시간을 내려다보고 있다. 그들도 낯설게 변해가는 환경에 적응하기 위해 오랜 통증을 겪어야 하리라.

오늘도 지축역에 홀로 서서, 흙의 붉은 속살을 드러낸 들판과 산허리를 바라본다. 지금 내가 사는 신도시의 탄생 이전의 역사를 내 기억이 빠르게 지워가듯이, 언젠가는 처참하기만 저 모습도 새로 건설된 풍경에 익숙해져서 잊혀져 갈 것이다. 하지만 그 교회만은 기억에서 오래 지켜 내고 싶다. 내 일상의 현장으로 돌아가면 또 잊고 지내게 되겠지만, 이곳에 서게 되는 날은 저쪽 산 아래 작은 교회의 안부를 먼저 묻고 있다.

다시 밤바다 앞에서

다시 바다 앞에 섰다. 간절한 외침을 밝히는 횃불 같은 불빛이 시선을 모은다. 이제 막 등장한 한 개의 집어등이, 어둠이 내린 바다에 또 하나의 세상을 건설하고 있다. 하루가 밤으로 기울면서 주변을 거닐던 발길이 끊기니, 자잘한 소음도 사라지고 갑자기 주위가 고요하다. 나는 무엇을 기다리기라도 하는 듯 마음이 하염없이 바다를 향해 있다.

밤바다는 돋보기 없이도 흐린 눈으로라도 꼭 읽고 싶은 페이지처럼, 내 시선을 잡아 놓는다. 불빛 하나가 샛별처럼 떠 있다. 망망대해에서 하나의 불빛은 외로움의 절정이다. 그 빛으로 아련하고 아득해지고 무언지 모를 아스라한 그리움이 밝아진다. 기회만 되면 내 주변을 감싸고 도는 이 그리움은 어디를 향한 것일까. 늘 해결하지 못한 숙제라도 있는 것처럼 가슴 한편이 어둑하다.

'삶이란 각자가 살아내야 할 신비이지, 해결해야 하는 문제가 아니다' 라고 한 야고보 성인의 말을 생각한다. 그리움 또한 그럴 것이다. 어떤 방법을 동원해서라도 처리해야 하는 문제가 아니고, 누구나 지니고 살아야 하는 그 나름의 몫일 것이다. 그 빛깔이나 무게는 다르겠지만, 사람은 누구나 그리움과 동행하며 살아가게 되어 있을 것이다. 그리움이 오래된 기억 속을 늘 서성거리게 하고 길을 나서게 하고, 지금 이 밤바다 앞에 나를 세워 놓았을 것이다.

파도가 고단한 하루 여정을 마무리하려는 것일까. 100여 미터 떨어진 거리에서 바다는 소리가 없다. 단지 불빛들이 미세하게 출렁거리며 바다의 존재를 확인시켜주고 있을 뿐이다. 어느새 많은 집어등이 어둠의 공백을 가득 채워 놓았다. 이제 그 불빛들로 창가에 기대 놓은 내 외로움이 환해진다. 내가 서 있는 곳의 불빛은 하나둘 사라져 가고, 서귀포의 밤바다는 눈이 부시도록 밝은 불빛들로 어둔 시간을 밝히고 있다.

사람들이 휴식으로 들어가는 이 밤의 시간을, 저 많은 어선들은 기다리고 있었을 것이다. 어선들 속의 삶에게 밤은 없다. 그들의 풍요로운 내일을 위해 밤의 휴식을 포기했을 것이다. 살아가면서 내가 포기해야 하는 것들도 점점 많아진다. 그것을 느끼고 받아들여야 하는 순간은, 살을 베이는 고통과는 견줄 수 없는 아픔이 있다. 모두들 이렇게 체념해야 하는 통증과 맞서면서 돌아보고 또 돌아보며, 다시 돌아올 수 없는 세월의 강을 흘러갔을 것이다.

나는 지금 무엇을 위해 여기 이토록 오래 서 있는 것일까. 이 그리움은 어디로 향해 있느냐고 스스로에게 질문을 해본다. 나를 떠나간 사람, 어느 날

갑자기 잃어버린 사람들, 그들을 기억하면서 잊어가는 동안에 아득하도록 멀어져 있는 나를 지나간 시간들, 이 모든 그리움은 결국 다시는 돌아갈 수 없는 내가 걸어온 길이었다.

불빛들이 대낮처럼 밝히고 있는 바다, 지금 어딘가에도 저 바다를 향해 있는 시선들이 많을 것이다. 모두들 어떤 마음으로 바라보고 있을까. 내 몸도 이 밤은 안식을 원하지 않는지, 외등보다 밝은 불빛들만 눈이 부시도록 점점 부각되고 있다. 눈물, 웃음, 그리움, 이 모두는 우리가 살아가기 위해 순간순간 선택하는 길일 것이다. 지금 밤바다에 몰두해 있는 이 마음 또한, 저 불빛들이 밝혀주는 길을 따라 하염없이 그리움을 향해 가고 있는 것이다. 어제도 오늘도 그리고 삶이 다하는 그날까지 늘 가야 하는 그 길을, 지금 밤바다를 밝힌 집어등의 불빛을 빌려서 한발 한발 내딛고 있다.

달빛으로 가는 길

저녁 일을 마무리하고 밖으로 나서니 만삭의 달이 보인다. 아직 푸른빛이 남아 있는 구름 하나 없는 하늘 길을 덩그러니 홀로 가고 있다. 누가 불러내기라도 하는 듯 날마다 밤의 시간으로 잠시 나서는 게 습관이 되었다. 오래전부터 밤길에 서면 자연스레 올려다보게 되는 하늘이다. 나는 늘 이렇게 밤 하늘에서 달을 찾고 있다.

오늘은 바깥이 궁금해서 일도 없이 드나들기를 몇 번, 그렇게 밤으로 기울어진 가을 하루였다. 미미한 바람에도 우수수 떨어지는 나뭇잎 때문에 무언지 모를 안타까움이 일고, 바닥을 덮어 놓은 고운 낙엽으로 탄성도 연발하느라 마음이 갈팡질팡 어지러운 시간이었다. 낮 시간의 숱한 이별 의식으로 휑하게 빈가지를 드러낸 나무들, 그 아래 주소지를 잃은 엽서들처럼 낙엽이 쌓여 있는 그 밤을 달이 내려다보고 있다.

달이 있는 밤은 마음이 푸근해진다. 어느 곳에 있더라도 달이 있는 밤길은 친근하게 느껴진다. 호젓한 길을 혼자 걸어도 누군가와 함께 있는 것 같은, 비록 쓸쓸하지만 외롭지 않다. 달을 보면 언제나 내 그림자를 찾고 싶어진다. 사방의 많은 가로등 불빛으로 세워지는 혼란스러운 그림자뿐, 달빛의 존재는 드러나지 않는다. 달빛이 그려주던 선명한 내 그림자를 잃어버린 지 오래되었다. 아니 어쩌면 달빛으로 뛰어놀던 외등 하나 없던 그 마을에 두고 왔는지도 모른다.

호롱불로 밝혀가던 밤이 있었다. 그 불빛의 경계를 넘으면 어둠이 어둠을 밝히던 곳, 그 마을이 키운 내 소년기는 지금 이 환한 세상에서 돌아보면 전설 속의 한 장면인 듯하다. 무엇으로 그날들의 밤길을 다녔을까. 눈에 익숙한 마을이었기에 어둠이 길을 내주었을 것이다. 달이 있는 밤길은 그래서 더욱 밝았으리라. 마을의 고샅길까지 골고루 적시고 있는 달빛으로 밤은 밤이 아니었다. 밤이 깊어가도록 동무들과 작은 소란을 만들며 달빛을 밟고 돌아다녔다. 특히 눈이 내린 겨울, 달빛이 비추이는 하얀 눈길의 풍경은 마치 어제 일처럼 환하다. 추운 겨울만큼이나 차디찬 달빛이었지만, 고개를 들어 하늘을 보면 달은 온화한 얼굴로 지그시 나를 바라보고 있었다. 눈길에 누운 내 그림자 때문에 더욱 몸이 시린 겨울밤이었으나 달이 있어 마음은 따뜻했다. 실가지 하나하나까지 선명하도록 검게 휜 눈 위에 눕혀 놓은 감나무도, 벌거숭이가 된 제 그림자를 내려다보고 있었다. 신비롭기만 하던 그 하얀 밤은 달이 가는 길 따라 깊어져 갔었다. 눈이 부시게 빛나던 그 밤을 어떻게 돌아섰을까. 아마 그 여운은 따끈한 아랫목 이불 속까지 따라와 꿈길까지 밝혔을 것이다.

가끔 침실 창문으로 들어온 달을 만날 때가 있다. 오랜 친구처럼 반가운 손님처럼 나는 한참을 그와 마주하고 온갖 속엣말을 한다. 고해성사라도 하듯 마음에 걸리는 일을 주저리주저리 털어놓기도 하고, 두 손 모아 빌고 싶던 마음의 짐들을 풀어 놓기도 한다. 무슨 일이 있느냐고 근심스런 얼굴로 내 안부를 묻기도 하고 온화한 표정으로 내 마음을 만져주기도 하는, 언제부턴가 달은 신앙과 같은 존재로 내 마음에 자리하고 있다. 그 때문에 쉽게 외면하지 못하고 기대고 싶고 갈망하고 싶어지는 것이다. 오래 마주할수록 밝아지는 달의 표정으로 내 안도 환해진다. 괜찮다고 다 괜찮아질 거라고, 그 붉은 빛은 충분히 주술적으로 나를 다독거린다.

하늘 가운데로 오른 열사흘 달이 밤하늘의 길을 환하게 밝히고 있다. 저 달이 계수나무가 있고 토끼가 살던 그 시절의 달일까. 골목골목을 누비며 밤을 대낮처럼 노닐던, 작은 아이들의 진한 그림자 세워주던 그 시절의 달의 얼굴일까. 현대 과학이 달의 비밀을 벗겨 놓았지만 나에게 달은 여전히 신비스럽고 두 손 모으게 하는 이름이다. 미세한 바람에도 낙엽이 되는 가을을 지그시 내려다보는 달의 표정이 쓸쓸하다. 그 때문에 나도 따라 쓸쓸해진다. 옛 추억처럼 점점 잊혀져 가는 푸근한 빛을 품은 달이, 오늘밤 무거워진 몸으로 더디게 가을 밤 하늘 길을 가고 있다.

묵언 수행의 길

걷는다는 것은 수행의 한 과정이라고 생각한다. 침묵으로 가는 길이라면 더욱 좋을 것이다. 일상에서 멀어진 길에 조용히 서두르지 않는 걸음을 놓을 수 있다면, 누구나 수행자의 마음을 닮을 수 있을 것 같았다. 싸락눈이 몇 번 허공을 어지럽히다 사라져 간 어느 날, 무지근하게 얹고 사는 마음의 짐들을 들고 길 위에 섰다.

어쩌면 온통 흰 눈으로 덮여 있을지도 모른다는 염려를, 월정사 입구에서 내려놓았다. 그늘진 곳에 간간이 눈이 내린 흔적만 희끗하게 남아 있다. 길도 모두 지워져 눈길만 헤매다 돌아간, 두 해 전 겨울의 기억을 되풀이하지 않아도 된다는 것이 다행스러웠다. 고스란히 드러나 있는 좁다란 숲길이 반가웠다.

얼었다 녹기를 반복했을 길은 부드러웠다. 조금 질퍽거렸지만 낙엽이 덮여 있어 발밑이 푹신했다. 단풍나무들은 지난가을 얼마나 그 고운 빛깔로 이 길을 밝혀주었을까. 다른 나무들은 모두 빈 몸인데 여전히 붉은 빛을 머금고 있는 마른 잎들을 달고 있었다. 씨앗을 내려 스스로 영역을 넓혀가고 있다는 그들의 무궁한 생명력이 대견하고 애틋해서, 마치 말을 건네 듯 살랑살랑 흔들고 있는, 내 허리만큼도 오지 않는 여린 그들의 손을 하나하나 잡아주었다.

순간순간 두고 온 일상이 비집고 들어오면, 흘러가는 계곡 물줄기가 잡념 금지라는 듯 우렁찬 목소리를 냈다. 그렇게 수시로 물의 눈치를 보며 간섭을 받으며 말없이 걸었다. 겨울이라는 계절 때문인지 마주치는 사람이 없는 숲길은 태고의 숲을 생각하게 했다. 오로지 스스로 그들만의 역사를 만들어 가는 나무와 물, 그 자연 속에서 더불어 살아가고 있는 동물들이 근처 어딘가에 있을 것 같았다. 먼저 지나간 짐승의 발자국을 가끔 밟기도 했으니, 우린 지금 숲에서 이 계절을 함께 살고 있는 것이다. 넓은 계곡 옆으로 난 길을 걸을 때면 옷자락을 펄럭이게 하는 세찬 바람이 불기도 했고, 구름 속을 가던 겨울 한낮의 해가 쨍 소리가 날 만큼 환한 빛을 정수리에 쏟아 놓기도 했다.

나를 떠나간 말은 가볍지만 입안에 담아둔 말은 무겁다. 말은 무거워도 무게가 없으니 담아 두자고 나는 걸을 때마다 입을 다문다. 되도록 혼자 걷고 싶은, 혼자 걷는 것이 좋은 이유이기도 하다. 이 길을 걸을 때 바람처럼 서두르며 지나가지 말라고, 가끔 머물기도 하면서 깊은 호흡으로 걸어가라고 누군가 말해준 것처럼 천천히 걷고 싶었다. 하지만 목적지를 향해서 부지런히 달려가는 오랜 관습에서 벗어나지 못한 나는, 이 아늑하고 아름다운 길을 또 바람처럼 지나왔나 보다. 한숨 돌리며 고개를 드니 오늘의 목적지 상원사였다.

다시 출발지로 돌아가야 한다는 생각을 하니, 아쉬움에 발이 문득 무거워졌다. 걸어서 가기에 늦은 시간이라, 버스로 되돌아오는 저쪽 벌거벗은 나무들 사이로 내가 걸어온 길이 오롯이 보였다. 차창을 통해 그 길을 눈으로 따라갔다. 오늘 하루 내가 살아온 시간의 흔적들이다. 오래 걸어왔던 그 길을 지금 버스의 속도를 빌려 되짚어가고 있다.

젊음으로 포장된 날들을 지나, 지금의 나에게 오는 길은 멀고도 길었다. 비가 내리고 태풍도 지나가고, 햇빛도 찬란하게 빛나던 그런 날들을 나는 살아왔다. 비탈길도 오르고 모래밭도 지나고 가파른 내리막길도 걸어왔다. 어느 것 하나도 지워 버릴 수 없는 그 모든 길이 나의 삶이 되었다. 그 길을 돌아보게 하는 것이 지금 저 계곡 건너 선재길*에 있다. 굽이굽이 내가 살아온 날들을 버스의 속도로, 어쩌면 버스보다 더 빠른 속도로 다시 내려가고 있는 중이다. 저 길을 걸어오면서 쉬었던 벤치며 말없는 친구가 되어주던 나무들, 계곡을 건너게 해주었던 징검다리 같은, 지금 이 연륜에 닿기까지 내가 지나온 모두를 모든 날들을 털털거리며 달려가는 버스 안에서 추억한다.

수행자의 자세를 흉내 냈던 것일까. 발자국마다 밟히던 생각들이 날개를 달았나 보다. 걸을수록 가벼워지는 나를 느낄 수 있었다. 내가 늘 버겁게 생각하는 일들, 내 힘으로 어떻게 할 수 없는 짐이라면, 그 무게에 연연해하지 말고 숙명처럼 지고 가야 할 내 몫으로 받아들여야 할 것이다. 길은 언제나 내게 많은 것을 깨닫고 느끼게 해주는 스승이다. 그 때문에 마음이 방향 감각을 잃으면 언제나 길 위에 서고 싶다.

---

* 월정사에서 상원사로 가는 숲길

길 위에서

먼 곳은 그리움이 사는 곳이다. 먼 하늘 아래에, 산등성이 저 너머에 나의 오랜 그리움이 살고 있다. 그 때문에 늘 마음이 홀로 다녀오는 곳이다. 먼 그곳, 주소지도 모르는 어딘가에 있을 그리움을 만나러 오늘도 짐을 꾸려 또 길을 나선다.

겨울은 코끝이 맵도록 찬 공기를 며칠 풀어 놓더니, 봄이 오려나 슬며시 기대를 갖게 하도록 날씨가 포근하다. 하지만 아직은 한겨울, 함부로 건너뛸 수 없는 동절기의 큰 산맥을 넘어가야 새 계절을 만날 수 있다. 눈높이에서 지나쳐가는 산 속의 누추한 삶들이 보인다. 잎을 다 내려놓고 서 있는 나무들, 한껏 푸르던 청춘이 있었던가 싶도록 맨몸들이 초라하게 서 있다. 몸에 두른 모두를 내려놓으면 나도 저런 모습일 것이다. 몸 이곳저곳에 세월에 부대낀 흔적들이, 방해요소들과 버티다 얻은 생채기들이 고스란히 드러날 것이다. 그런 연민으로 바라보게 되는 겨울나무들이다. 드문드문 쓰러진 나무들은 고단한 삶을 끝낸 것들이리라. 저렇게 조용히 떠나는 것들이 있고 떠난 자리를 채우려고, 또 한 삶이 아무도 모르게 찾아와 산 숲은 언제나 숲으로 존재할 수 있는 것이다.

겨울 산, 속살이 훤히 드러난 겨울 산을 보면 언제나 떠난 사람들이 생각난다. 내 안부가 닿지 못하는 아주 먼 곳으로 가버린 사람들이다. 외롭고 쓸쓸해 보이는 이름들, 맨발의 시린 몸으로 서 있는 겨울나무들이 그들을 다시 생각나게 한다. 그곳에서는 아프지 말기를, 더 우울해지지 않기를, 서럽게 더 나이 들지 않기를, 나무들을 하나씩 지나치며 그들의 이름을 가만히 입에 담아 본다.

강줄기를 만난다. 일렁이는 물결에 햇살이 버무려져 반짝반짝 빛이 흘러간다. 저 시작은 어디였을까. 어디선가 시작된 하나의 고독한 물방울이 둘이 되고 그 외로움 둘이서 손잡고 흘러가다 물길이 되었을 것이다. 어느 산골짜기를 지나며 바위에도 아프게 부딪히며 흘러 내려와 지금 저 순한 강물에 닿았을 것이다.

하늘이 맑으니 물빛도 하늘빛이다. 물결에서 부서지는 햇살이 마주할 수 없도록 눈이 부시다. 저 강물도 남쪽으로 흘러가 나와 다시 만나게 될지도 모른다. 겨울 강은 멀어진 옛일처럼, 잊혀진 이름들처럼 저쯤에서 고요히 길을 가고 있다. 강물은 언제나 하염없이 따라가고 싶은 애잔한 이름이다.

강변에 앉아 물의 흐름을 하염없이 바라보던 어린 날이 있었다. 투명하도록 맑은 물줄기를 보고 있으면 나도 그 물길을 따라 흘러가고 싶었다. 강의 길을 마음으로 따라나서던 소년기의 내가 닿고 싶던 목적지는 어디였을까. 그 어느 곳을 향한 그리움이 그토록 물길 따라 흘러가고 있었던 것일까. 유유히 흘러가며 환한 웃음처럼 하얀 포말을 남겨주던 그때의 강물을 다시는 만날 수 없듯이, 그 날도 깊은 기억 속에만 있다.

나를 가끔 강변으로 불러내던 그 물결들은, 어느 바다의 이름을 얻었을까. 맑고 순수한 물방울 같았을 내 소년기가 흘러 여기까지 와 있듯이, 나와 숱한 이별을 하던 강물도 어느 먼 바다에 닿았을 것이다. 흘러간다는 것의 그 쓸쓸함을, 흘러가버린 것들은 다시 돌아오지 못한다는 것을 그때 나는 알고 있었을까.

가버린 모든 것들, 나를 지나간 모두의 이름은 그리움이다. 알 수 없는 먼 어딘가에 정착해서 순간 순간 나에게 소리 없이 긴 안부를 물어온다. 한번 다녀가라는 간곡한 손짓을 바람으로 부신 햇살로 때때로 전해오는 그리움, 그를 만나기 위해 오늘도 나는 길 위에 있다.

피아노 치는 남자

차 한잔으로 듣는 잔잔한 피아노 음악이 좋다. 쓸쓸하게 느껴질 때 나는 감정 전환을 하기 위해, 굳이 밝은 음악을 들으려 하는 편이 아니다. 오히려 쓸쓸함을 더하는 음악을 들으며 그 분위기에 젖어본다. 음악이 좋으면 무슨 곡인가 알아보던 때가 있었다. 이제 좋으면 그저 조용히 느끼려 한다. 제목이 무엇인지 누구의 곡인지 알고 듣는 것도 좋겠지만, 그것을 안다고 그 느낌이 달라지는 것은 아니기에 그냥 듣는다. 슬프도록 아름다운 선율은, 가슴 깊이에 잠재해 있던 그리운 것들을 서서히 일으켜 놓는다.

눈을 감고 피아노 선율의 흐름을 듣고 있으면, 마치 내 몸이 건반이라도 되는 듯 온몸을 운율들이 나긋나긋 밟고 다니는 느낌이다. 그런데 온몸으로 저 아름다운 선율을 이어가고 있는 피아니스트가, 왜 꼭 남자라고 여기게 되는 것일까. 아니 반드시 남자다. 나는 예전의 그 음악 선생님을 언제나 피아노 앞에 앉혀 놓는 것이다.

처음으로 이성에 대한 감정을 느끼게 했던 분, 피아노 앞에 앉으면 작은 키도 유난히 짧은 목도 텁텁하던 목소리조차도 멋있게 생각되던 총각선생님이다. 강당 주변의 잔디밭을 서성거리면서, 유리창을 통해 선생님의 연주하는 모습을 들여다보기도 했다. 수업이 끝난 시간이거나 쉬는 시간이면 틈틈이 그분은 넓은 강당 피아노 앞에 앉아, 머리로 박자와 감정을 나타내는 듯한 모습으로 곡에 열중해 있었다. 그날 선생님이 연주하는 음악은 그분의 기분처럼 느껴졌다. 차분하고 쓸쓸한 음악을 연주할 때의 모습은 무척 외로워 보였고, 밝은 곡을 연주할 때면 기분 좋은 일이 있는 것처럼 생각되었다. 눈을 감기도 하고 어깨를 들썩이기도 하면서 두 손이 건반 위에서 춤을 추듯 하는 모습은, 다른 선생님에게서 느낄 수 없는 매력이었고 바라볼 때마다 강한 끌림이 있었다. 한때 피아노를 배우겠다고 한겨울 피아노 앞에서 시린 손을 비비대던 나의 짧은 열정도, 그 선생님이 좋아서 시작했던 일이었다.

마음으로만 선생님의 모두를 간섭하며 혼자 행복해하기도 하고 쓸쓸해하기도 하면서, 내 고등학교의 시절은 지나갔다. 복도에서 마주치면 얼굴 붉히는 나를 의식했으면서도, 그 나이 때 흔한 순진하고 순수한 감정이라고 치부했을지도 모르겠다. 그분을 대학교정에서 다시 만날 줄은 상상도 하지 못한 일이었다. 사범학교 졸업 학력으로 어느 해 다시 음악대학에 입학한 새내기로 내 앞에 나타났다. 피아노를 전공한다는 인형처럼 예쁜 여학생과 함께 다정하게 웃으며 저만치서 다가오고 있을 때, 나는 가던 길을 되돌아섰다. 가슴 설레고 외롭고 때론 슬프게도 하던 혼자한 사랑은 그것으로 끝이었다. 한마디 어떤 언질도 눈치도 주지 않은 채, 혼자 펼쳐가던 이야기의 마침표도 그렇게 소심하게 찍었다.

돌아보면 나는 사랑이라는 단어 앞에서 언제나 멀리서 달려 왔다. 수천 수만의 포말만 일으켜 놓고 멀어져 가는 외로운 파도였다. 가까이 다가서지도 못하고 언저리만 혼자 맴돌다 돌아서곤 했었다. 그런 외로움에 일찍 길들여져 홀로에 익숙해 있고, 그래서 그 쓸쓸함이 편하다. 외롭고 쓸쓸한 맛을 알기 때문에, 소란한 도시에서 번번이 빠져 나와 이 시골 마을의 한적함 속으로 은신하듯 들어와 있는지도 모르겠다. 길에서 사는 목숨들의 외로움에 동조하면서 때로는 그들의 아픔에 눈물도 보태는 이 생활이 싫지 않으니, 이런 것이 나에게는 행복이려니 미루어 짐작하는 것이다.

내가 만들어 놓은 쓸쓸함이 문득 버거워질 때면, 차 한 잔으로 음악을 듣는다. 온몸으로 건반을 두드리는 남자의 피아노 선율과 함께한다. 안개 자욱하게 서린 지난 시절을 배경으로, 나를 싣고 느린 속도로 흘러가는 아름다운 세계에 닿으면 내 몸과 마음을 불편하게 만들던 방해요소들에게도 한없이 너그러워진다. 그 때문에 나는 지극히 마음이 편안해진다. 때로는 눈물도 길이라는 것을 느끼며, 오래도록 아름다운 선율 속에 잠겨 피아노를 치는 남자를 듣는다.

귀로

하늘은 여전히 흐리고 어쩌면 오늘도 비가 내릴지 모른다. 실내 온도가 20도라는데 늘 켜 있는 에어컨으로 공항 안의 공기는 차다. 모르는 사람들, 아니 며칠 함께했기에 아는 사람들이지만 친숙하지 않은 사람들 속에 어울려야 하는, 내가 극복하기 어려워하는 세계다. 나를 싣고 갈 비행기를 두 시간은 기다려야 한다니, 일없이 이 공간에 머물러 있어야 한다. 떠나온 곳으로 다시 돌아가기 위해 꾸린 짐을 내려다보니, 무언가 두고 가는 듯 아쉬움이 있다.

타이완, 대만이라는 이름이 내게는 더 익숙한 이곳에, 나는 다시 오게 되지 않을 것이다. 충분히 보고 느꼈다고 생각하는 것은 분명 오만이겠지만, 세상은 넓기에 또 다른 곳을 바라보게 될 것이다. 무엇을 하면서 이 서먹한 공간을 견디어야 하나 슬며시 어지럼증까지 일어난다. 어쩌면 우리는 늘 이렇게 낯선 곳에 홀로 던져지는 사람들인지 모른다. 그 상황을 견디고 극복하는 과정이 삶이고, 그 안에서 희로애락이 일어나는 것이다. 어떻게 견디며 사는지 그 현실을 어떤 마음으로 받아들이는 지가, 그들 삶의 방향이고 삶의 질을 결정하는 것이리라. 번민과 고뇌, 그것 또한 언제나 동행해야 하는 문제이며, 시련을 맞고 견디며 우리의 삶이 조금씩 성숙해지는 것일게다.

사람들과의 만남이 얼마나 소중한지 생각하게 되는 시간, 이곳에서 함께 했던 인연들과 이제 헤어지면 다시 만날 확률은 더없이 낮다. 자기의 캐리어를 옆에 두고 웃으며 손을 흔들고 있는 남자를 보니, 문득 눈시울이 뜨겁다. 어머님으로 불리며 나흘을 함께한 후유증일까. 피붙이 하나 그 낯선 땅에 두고 가는 것 같은 심정이다. 안쓰러운 마음에 괜스레 눈물이라도 날 것 같으니, 나이 들어 갈수록 감정 조절이 가장 어려운 과제가 되었다. '정이란 무엇일까' 라는 노랫말처럼 나는 탑승 시간을 셈하는 틈틈이 정에 대해 생각했었다. 어색한 사이로 만난 여행객과 가이드라는 관계, 난생처음 만난 사람과 가까워지는 것은 오랜 시간이 필요한 것은 아니었다. 마음을 고스란히 느낄 수 있게 하는 진실한 자세가, 마음과 마음을 빠르게 건너다닐 수 있는 징검다리를 놓아주는 것이었다. 함께하는 동안 그는 늘 부지런하고 모두를 배려하는 착한 심성을 느끼게 했다.

나는 거의 자유여행을 하는 관계로 단체여행은 다섯 손가락으로 헤아릴 정도지만, 그동안 내가 만난 가이드와는 다른 친절과 성실한 마음을 그에게

서 느낄 수 있었다. 마치 가족을 대하듯이 한 사람 한 사람에게 지극히 충실
했다. 어쩌면 저렇게 순수할 수 있을까 생각하게 되는 그의 착한 언어들과 순
진한 미소, 그는 돈을 벌기 위해 일을 하지만 세상의 때가 묻지 않은 맑은 성
인이었다.

결혼은 했는지 궁금해할 일도 아닌데 나는 그 실례되는 질문을 왜 했었을
까. 대만에서 27년을 살았다는 그에게 가족이 있을 거라는 생각에서 던진 물
음이었다. "돌싱입니다" 그는 주저하는 기색없이 웃으며 말했었다. 대만 현지
여인과 결혼해서 딸 하나를 두고 오래전에 헤어졌다는 남자는 그저 해맑게
웃었다. 그는 밝게 웃는데 그 웃음에 나는 미안했고 마음이 아팠다. 지금은
혼자 사는 게 더없이 편하다고 했지만, 타국에서 그렇게 살아가는 것이 쉽지
는 않을 것 같았다.

모두의 출국 수속에서부터 소소한 일까지 자상하게 챙겨주며, 그는 거의
그 나라 사람이 된 것 같다고 스스로 말했다. 우리 일행이 탑승을 위해 게이트
로 들어가도록 끝내 돌아서지 않고 웃으며 손을 흔들고 있는 남자, 그는 숱한
이별을 저렇게 정성스럽게 했었나 보다. 새로운 만남이 늘 기대되고 그가 하
는 일이 즐겁다고 말하는, 40대의 마지막 해를 보내고 있다는 그를 왜 내가 안
타깝게 생각하는 것일까. 타국에서 원만한 가정을 이루어 살고 있다면 느끼
지 못했을 이 애틋함은, 부모라는 이름을 가진 모든 사람들의 마음일 것이다.

기내의 창밖 흐린 하늘 저편, 지금 우리 나라는 어떤 표정일까. 나흘이라는
시간이 꽤나 길게 느껴지는 여정은, 빈집의 기다림도 마찬가지였으리라. 저

물녘이면 노을로 물든 이국의 하늘을 바라보며 서글픈 귀소본능을 느끼면서도, 우리는 왜 늘 어디론가 떠나고 싶어지는 것일까. 떠나오면 돌아가야 하는 귀로의 시간, 혈육 하나 낯선 땅에 두고 가는 것 같은 이 안타까움도 내 안에 오래 머물지는 못할 것이다. 일상으로 돌아가면 직접 피부로 느껴야 하는, 다사다난한 감정과 부대끼며 사는 게 우리의 삶이기에, 나는 또 그를 그의 친절을 쉽게 잊고 지내게 될 것이다. 하지만 짧은 여정 속의 인연들에게, 친지만큼이나 정성을 다해서 홀로 이별의 장을 열어주던 그가, 지금은 내 마음자리에 영역을 크게 차지하고 있다.

길

걸어야겠다고 생각하면 어느 곳에나 길이 있다. 마을길에서부터 이름표까지 달아 놓은 무슨 무슨 둘레길까지, 집을 나서면 길이고 길은 또 길로 이어져, 어디론가 끊임없이 흘러가고 있다.

좁고 오붓한 시골길을 걷는다. 아랫마을에서 윗마을로 연결되는 이름 없는 길이다. 풀숲을 끼고 농경지를 거치고 구불구불 여러 개의 모롱이를 지나 작은 산으로 연결되는 길, 이 길도 어디론가 정처 없이 이어지고 있으리라. 이런 길을 걸을 때 마음이 가장 편안하다. 재촉하는 소음도 없고 불안하게 지나다니는 빠른 속도를 의식하지 않아도 되니, 한껏 여유 있게 느린 걸음을 놓을 수 있어 좋다. 요즈음 들어 옛이야기 같은 이런 느슨한 길들이 점점 더 부각되어 가고 있어 반갑다.

아무렇게나 자라서 흐드러지게 피어 있는 복숭아꽃, 싸리꽃, 개나리꽃으로 길이 화려하다. 순서를 지키며 피어나던 자연의 질서도 무너지고 있나 보다. 이 계절이면 무리 지어 몰려왔다 가는 상춘객들처럼, 봄꽃들도 한꺼번에 그들의 찬란한 잔치를 벌이고 있다. 싸리꽃, 그 하얀 무리가 눈부시도록 맑아 눈길을 끈다. 가꾸지 않은 들녘에 제멋대로 자란 나무들과 들꽃들과 함께 걷는 작은 오솔길, 이런 길들은 고향으로 가는 길처럼 정겹다.

고향이라는 말을 입에 담으면, 어머니라는 단어만큼이나 눈물겹다. 고향을 생각하면 가장 먼저 떠오르는 것은 내가 살던 집 뒤에 있는 작은 동산이다. 그곳은 소년기의 내가 세상을 바라보는 유일한 전망대였다. 서로 등을 기대듯 옹기종기 모여 있는 작고 아담한 집들, 저만큼 물러나 마을을 감싸고 있는 높고 낮은 산등성이들, 특히 윗마을과 건넛마을로 연결되는 구불구불한 오솔길은, 몇 번을 반복해서 들어도 또 듣고 싶은 옛날이야기처럼 수없이 마음으로 걷게 하던 길이었다.

오솔길은 논과 밭을 지나 작은 개울을 건너 산모퉁이로 사라진다. 그 길 끝에서 내 시선은 늘 오래 머물러 있었다. 그 길을 이어 가면 읍내로 통한다는 것을 알고 있었지만, 휘돌아지며 사라지는 그 길은 늘 아련함을 일으켰었다. 저녁 무렵이면 그 길을 따라 하얀 싸리꽃이 듬성듬성 슬픔처럼 피어 있는 들녘을 배경으로, 마을 어른들은 소를 앞세우고 들에서 돌아오고, 나지막한 지붕마다 뽀얗게 밥 짓는 연기가 구름처럼 피어올랐다. 언젠가 찾아간 고향의 그 뒷동산은 꿈이었을까 싶도록 낮아져 거의 내 눈높이에 닿아 있었고, 그리움을 찾아 나서고 싶게 만들던 그 길도 반듯하고 넓은 도로가 되어 있었다.

이런 적막하고 외진 길을 걸을 때면 습관처럼 중얼거리게 되는 시가 있다. '봄비 속에 너를 보낸다/ 쑥순도 파아라니 비에 젖고/ 목매기송아지가 울며 오는데/ 멀리 돌아간 산굽잇길/ 못 올 길처럼 슬픔이 일고/ 길처럼 애달픈 꿈이 있었다'* 내 기억에 저장된 그림이 들어 있어, 이 시를 생각할 때마다 정경이 환하게 펼쳐지고 그때마다 가슴이 젖는다. 이 시를 대하면 뒷동산에 올라 멀리 사라지는 길에 하염없이 눈을 두고 있던 소녀가 생각난다. 내가 시어로 그려내고 싶은 마음속 풍경이었기에 늘 애송하는 시가 되었다. 젊어서 만난 이 시로 인해 시인이 되고 싶은 꿈을 꾸는 데 많은 영향을 받았다고 생각한다. 한 편의 시가 누군가의 마음에 진한 자국을 남긴다는 것은 얼마나 대단한 일인가. 고령이 되어서도 꾸준히 시작활동을 하시다 이제 고인이 된 시인, 그분이 멀리 가셨어도 그 시는 영원히 남아, 누군가에게 꿈이 되고 길이 되어줄 것이다. 나에게 그러했듯이.

나의 고향에도 지금 봄은 무르익어 파란 쑥순도 한 뼘은 넘게 키를 세우고, 찔레꽃 싸리꽃도 지천으로 흐드러지게 피었을 것이다. 그 마을의 어느 소녀 하나가 그 하얀 꽃을 보며 알 수 없는 아련함에 가슴 먹먹해하고 있을지도 모르겠다. 길이 길로 이끄는 곳으로 마냥 갈 수 있다면, 언젠가는 나의 뒷동산에도 닿을 수 있을 것이다. 멀리 돌아간 산굽이, 그 길에 애달픈 꿈을 지피던 그곳에도 갈 수 있으리라.

---

* 고인이 되신 황금찬 시인의 시 「보내놓고」

잊혀지지 않는 선물

짙은 초록으로 오는 바람이 부드럽다. 나뭇잎 하나하나의 움직임이 물결이 되어 가슴에서 출렁인다. 눈이 부시도록 반짝거리는 저것은 햇살의 발자국이리라. 흔들리는 나뭇잎 따라 나도 일없이 일렁인다. 흔들리는 것은 모두 이유가 있을 것이다. 하루가 저무는 시간, 서쪽 하늘이 붉은 노을로 물들어가고 있다. 집을 떠나서 바라보던 노을은 때때로 눈물이 되곤 했었다. 나의 집이 있는 방향으로 가는 구름길을 마음도 따라 흘러가게 된다. 이방인이 되어 쓸쓸함으로 배회하던 이국의 길목이 생각난다. 감미롭게 살을 스쳐 가던 바람줄기, 따뜻하게 다가오던 낯선 얼굴들의 미소, 이방인에 대한 아름다운 배려와 손길들이 다시 그립다.

삼십여 일의 여정이 서서히 저물어가는 무렵, 작은 시골마을의 노천카페에 앉아 있었다. 시골의 풍경은 어느 곳이나 정겨워, 커피 맛보다 주변의 정취를 더 진하게 느끼게 했었다. 이방인으로 두르고 있던 경계심도 슬며시 내려놓은 느긋한 휴식은, 우리 가족이 함께 있다는 안도감 때문이기도 했지만, 낯익은 듯 느껴지는 그 마을의 푸근함 때문이었다. 아담한 집들과 예쁜 가게들에 눈길을 두고 있을 때, 옆 테이블에서 혼자 차를 마시던 중년인 듯한 남자가 우리 쪽을 바라보고 있었다. 사람들이 몰려다니는 유명한 관광지도 아닌, 작은 마을에 나타난 이국인들에게 자연스레 시선이 왔을 거였다. 그는 딸에게 불어로 무슨 말인가 건네 왔고 둘은 한동안 대화를 주고 받았다. 둘의 말을 전혀 알아듣지 못하는 남편과 나는, 친절하게 느껴지는 그 남자의 미소만 읽고 있었다. 남자는 우리에게 가볍게 눈인사를 하고 자리를 떴다. 딸의 통역으로 그 남자가 우리의 커피값을 지불했다는 것을 알았다. 어떤 의미의 호의일까 생각할 사이도, 고마운 마음 전할 여유도 주지 않고 남자는 자리를 떠났다. 뒤도 돌아보지 않고 유유히 골목으로 멀어져 가는, 이름도 모르는 남자를 우리는 한참을 바라보았다.

세 번의 봄이 지나갔지만 마치 며칠 전의 일처럼, 그 기억이 상큼하게 다가온다. 다시 만날 수도 없을 그 사람에게 빚을 진 그날의 일이, 그 마을의 하루가 가슴에 진한 그리움으로 자리했다. 어쩌면 낭만적인 프로방스 지방의 사람들 정서 때문에 있을 수 있던 일인지도 모른다. 그런 일이 없었어도 오래전부터 쁘띠프랑스는 나의 이상향이었는데, 그 사람의 친절이 더해져서 더욱 아름다운 곳으로 기억되고 있다.

나도 그 여유와 멋을 닮고 싶었다. 그것은 자기 마을을 찾아온 멀고 먼 나라 사람들에게 베푼, 순수한 호의였고 인정이었을 것이다. 나도 기회가 된다면 우리나라를, 아니 내가 사는 지역을 찾아와 길을 묻는 이방인에게, 차 한 잔으로 잠시 쉴 자리를 내주고 싶은 마음이다. 오래 알고 지낸 이웃 아저씨 같은 훈훈한 친절은, 점점 각박해지고 험해지는 세상에서 얻은 귀한 선물이었다.

아담한 노천카페와 그 사람이 걸어가던 길목이 지금도 눈에 선하다. 또 한 번의 기회가 주어진다면 꼭 다시 그 마을에 들러볼 것이다. 한 사람의 친절이 그 나라의 국민성인 듯 착각도 해가며, 여정의 길에서 하루가 저무는 시간이면 내 집을 생각하던 때처럼, 저녁노을로 붉게 물들어가는 하늘 아래서 지금 프로방스의 그 어느 날을 그리워하고 있다.

나도 가끔은 흔들려 보는 거다
가끔은 흔들리고 싶다

송미정 수필집

가끔은
나도
흔들리고
싶다

송미정 수필집

가끔은
나도
흔들리고
싶다